中國古典文學理論批評專著選輯

介存齋論詞雜著

周　濟　著

復堂詞話

譚　獻　著

蒿庵論詞

馮　煦　著

顧學頡　校點

人民文學出版社

圖書在版編目(CIP)數據

介存齋論詞雜著／(清) 周濟著；顧學頡校點. 復堂詞話／(清) 譚獻著；顧學頡校點. 蒿庵論詞／(清) 馮煦著；顧學頡校點. -- 北京：人民文學出版社，2024. --(中國古典文學理論批評專著選輯). -- ISBN 978-7-02-018945-8

Ⅰ. I207.23

中國國家版本館 CIP 數據核字第 20243ZU180 號

責任編輯　徐文凱
裝幀設計　吴　慧
責任印製　王重藝

出版發行　人民文學出版社
社　　址　北京市朝内大街 166 號
郵政編碼　100705

印　　刷　三河市鑫金馬印裝有限公司
經　　銷　全國新華書店等

字　　數　76 千字
開　　本　880 毫米×1230 毫米　1/32
印　　張　5.875　插頁 2
印　　數　1—3000
版　　次　1959 年 10 月北京第 1 版
　　　　　2024 年 9 月北京第 2 版
印　　次　2024 年 9 月第 1 次印刷

書　　號　978-7-02-018945-8
定　　價　35.00 圓

目録

介存齋論詞雜著

一

兩宋詞各有盛衰：北宋盛於文士而衰於樂工，南宋盛於樂工而衰於文士。

二

北宋有無謂之詞以應歌，南宋有無謂之詞以應社。然美成《蘭陵王》、東坡《賀新涼》當筵命筆，冠絕一時。碧山《齊天樂》之詠蟬，玉潛《水龍吟》之詠白蓮，又豈非社中作乎？故知雷雨鬱蒸，是生芝菌；荊榛蔽芾，亦產蕙蘭。

三

詞有高下之別，有輕重之別。飛卿下語鎮紙，端己揭響入雲，可謂極兩者之能事。

四

近人頗知北宋之妙，然終不免有姜、張二字，横亙胸中。豈知姜、張在南宋，亦非巨擘乎？論詞之人，叔夏晚出，既與碧山同時，又與夢窗別派，是以過尊白石，但主『清空』。後人不能細研詞中曲折深淺之故，羣聚而和之，並爲一談，亦固其所也。

五

學詞先以用心爲主，遇一事、見一物，即能沉思獨往，冥然終日，出手自然不平。次則講片段，次則講離合；成片段而無離合，一覽索然矣。次則講色澤、音節。

六

感慨所寄，不過盛衰：或綢繆未雨，或太息厝薪，或己溺己飢，或獨清獨醒，隨其人之性情學問境地，莫不有由衷之言。見事多，識理透，可爲後人論世之資。詩有史，詞亦有史，庶乎自樹一幟矣。若乃離別懷思，感士不遇，陳陳相因，唾瀋互拾，便思高揖溫、韋，不亦恥乎！

七

初學詞求空，空則靈氣往來。既成格調，求實，實則精力彌滿。初學詞求有寄託，有寄託，則表裏相宣，斐然成章。既成格調，求無寄託，無寄託，則指事類情，仁者見仁，知者見知。北宋詞，下者在南宋下，以其不能空，且不知寄託也；高者在南宋上，以其能實，且能無寄託也。南宋則下不犯北宋拙率之病，高不到北宋渾涵之詣。

八

皋文曰：『飛卿之詞，深美閎約。』信然。飛卿醞釀最深，故其言不怒不懾，備剛柔之氣。鍼縷之密，南宋人始露痕迹，《花間》極有渾厚氣象。如飛卿則神理超越，不復可以迹象求矣；然細繹之，正字字有脈絡。

九

端己詞，清艷絕倫，初日芙蓉春月柳，使人想見風度。

一〇

皋文曰：『延巳爲人，專蔽固嫉，而其言忠愛纏緜，此其君所以深信而不疑也。』

一一

永叔詞，只如無意，而沉著在和平中見。

一二

耆卿爲世訾謷久矣；然其鋪敘委宛，言近意遠，森秀幽淡之趣在骨。耆卿樂府多，故惡濫可笑者多，使能珍重下筆，則北宋高手也。

一三

晉卿曰：『少游正以平易近人，故用力者終不能到。』

一四

良卿曰：『少游詞，如花含苞，故不甚見其力量。其實，後來作手，無不胚胎於此。』

一五

美成思力獨絕千古，如顔平原書，雖未臻兩晉，而唐初之法，至此大備，後有作者，莫能出其範圍矣。讀得《清真詞》多，覺他人所作，都不十分經意。鉤勒之妙，無如清真；他人一鉤勒便薄，清真愈鉤勒，愈渾厚。

一六

子高不甚有重名，然格韻絕高，昔人謂晏、周之流亞。晏氏父子，俱非其敵；以方美成，則又擬不於倫；其温、韋高弟乎？比温則薄，比韋則悍，故當出入二氏之門。

一七

梅溪甚有心思，而用筆多涉尖巧，非大方家數，所謂一鉤勒即薄者。《梅溪詞》中，喜用偷字，足以定其品格矣。

一八

良卿曰：『尹惟曉「前有清真，後有夢窗」之説，可謂知言。夢窗每於空際轉身，非具大神力不能。』夢窗非無生澀處，總勝空滑。況其佳者，天光雲影，搖蕩緑波；撫玩無斁，追尋已遠。君特意思甚感慨，而寄情閑散，使人不易測其中之所有。

一九

李後主詞，如生馬駒，不受控捉。

毛嬙、西施，天下美婦人也：嚴妝佳，淡妝亦佳，麤服亂頭，不掩國色。飛卿，嚴妝也；端己，淡妝也；後主，則麤服亂頭矣。

二〇

人賞東坡粗豪，吾賞東坡韶秀：韶秀是東坡佳處，粗豪則病也。

二一

東坡每事俱不十分用力，古文、書、畫皆爾，詞亦爾。

二二

稼軒不平之鳴，隨處輒發，有英雄語，無學問語，故往往鋒穎太露；然其才情富艷，思力果鋭，南北兩朝，實無其匹，無怪流傳之廣且久也。

世以蘇、辛並稱，蘇之自在處，辛偶能到；辛之當行處，蘇必不能到；二公之詞，不可同日語也。後人以粗豪學稼軒，非徒無其才，並無其情。稼軒固是才大，然情至處，後人萬不能及。

二三

北宋詞，多就景敘情，故珠圓玉潤，四照玲瓏，至稼軒、白石一變而爲即事敘景，使深者反淺，曲者反直。吾十年來服膺白石，而以稼軒爲外道，由今思之，可謂瞽人捫籥也。稼軒鬱勃，故情深；白石放曠，故情淺；稼軒縱横，故才大；白石局促，故才小。惟《暗香》《疏影》二詞，寄意題外，包藴無窮，可與稼軒伯仲；餘俱據事直書，不過手意近辣耳。

白石詞，如明七子詩，看是高格響調，不耐人細思。

白石以詩法入詞，門徑淺狹，如孫過庭書，但便後人模仿。

白石好爲小序，序即是詞，詞仍是序，反覆再觀，如同嚼蠟矣。詞序，序作詞緣起，以此意詞中未備也。今人論院本，尚知曲白相生，不許複沓，而獨津津於白石詞序，一何可笑！

二四

竹山薄有才情，未窺雅操。

二五

公謹敲金戛玉，嚼雪盥花，新妙無與爲匹。公謹只是詞人，頗有名心，未能自克；故雖才情詣力，色色絕人，終不能超然遐舉。

二六

中仙最多故國之感，故著力不多，天分高絕，所謂意能尊體也。

中仙最近叔夏一派，然玉田自遜其深遠。

二七

玉田，近人所最尊奉。才情詣力，亦不後諸人；終覺積穀作米，把纜放船，無開闊手段；然其清絕處，自不易到。

玉田詞，佳者匹敵聖與，往往有似是而非處，不可不知。叔夏所以不及前人處，只在字句上著功夫，不肯換意，若其用意佳者，即字字珠輝玉映，不可指摘。近人喜學玉田，亦爲修飾字句易，換意難。

二八

西麓疲輭凡庸，無有是處。書中有館閣書，西麓殆館閣詞也。西麓不善學少游。少游中行，西麓鄉愿。竹屋得名甚盛，而其詞一無可觀，當由社中標榜而成耳。然較之西麓，尚少厭氣。

二九

蒲江小令，時有佳趣，長篇則枯寂無味，此才小也。

三〇

玉潛非詞人也，其《水龍吟·白蓮》一首，中仙無以遠過。信乎忠義之士，性情流露，不求工而自工。特録之以終第一卷，後之覽者，可以得吾意矣。

三一

閨秀詞惟清照最優，究苦無骨，存一篇尤清出者。

向次《詞辨》十卷：一卷起飛卿，爲正；二卷起南唐後主，爲變；名篇之稍有疵累者爲三四卷；平妥清通，纔及格調者爲五六卷；大體紕繆、精彩間出爲七八卷；本事詞話爲九卷；庸選惡札，述誤後生，大聲疾呼，以昭炯戒爲十卷。既成寫本付田生。田生攜以北，附糧艘行，衣袽不戒，厄於黄流，既無副本，惋歎而已！爾後稍稍追憶，僅存正變兩卷，尚有遺落。頻年客遊，不及裒集補緝；恐其久而復失，乃先録付刻，以俟將來。於虖！詞小技也，以一人之心思才力，進退古人，既未必盡無遺憾，而尚零落，則述録之難，爲何如哉！介存又記。

附録

宋四家詞選目録序論

序曰：清真，集大成者也。稼軒歛雄心，抗高調，變温婉，成悲涼。碧山饜心切理，言近指遠，聲容調度，一一可循。夢窗奇思壯采，騰天潛淵，返南宋之清泚，爲北宋之穠摯。是爲四家，領袖一代。餘子犖犖，以方附庸。夫詞，非寄託不入，專寄託不出，一物一事，引而伸之，觸類多通，驅心若游絲之罥飛英，含毫如郢斤之斲蠅翼，以無厚入有間，既習已，意感偶生，假類畢達，閲載千百，謦欬弗違，斯入矣。賦情獨深，逐境必寤，醖釀日久，冥發妄中，雖鋪敘平淡，摹繢淺近，而萬感横集，五中無主，讀其篇者，臨淵窺魚，意爲魴鯉，中宵驚電，罔識東西，赤子隨母笑啼，鄉人緣劇喜怒，抑可謂能出矣。問塗碧山，歷夢窗、稼軒以還清真之渾化。余所望於世之爲詞人者，蓋如此。

論曰：清真渾厚，正於鈎勒處見。他人一鈎勒便刻削，清真愈鈎勒，愈渾厚。

耆卿鎔情入景，故淡遠。方回鎔景入情，故穠麗。

少游最和婉醇正，稍遜清真者辣耳。

少游意在含蓄，如花初胎，故少重筆。然清真沉痛至極，仍能含蓄。

子野清出處、生脆處，味極雋永，只是偏才，無大起落。

晏氏父子，仍步溫、韋；小晏精力尤勝。

西麓宗少游，徑平思鈍，鄉愿之亂德也。

蘇、辛並稱。東坡天趣獨到處，殆成絶詣，而苦不經意，完璧甚少。稼軒則沉著痛快，有轍可循，南宋諸公，無不傳其衣鉢，固未可同年而語也。稼軒由北開南；夢窗由南追北：是詞家轉境。

韓、范諸鉅公，偶一染翰，意盛足舉其文，雖足樹幟，故非專家；若歐公則當行矣。

白石脱胎稼軒，變雄健爲清剛，變馳驟爲疏宕：蓋二公皆極熱中，故氣味吻合。辛寬姜窄：寬，故容藏；窄，故鬥硬。

白石號爲宗工，然亦有俗濫處、《揚州慢》：淮左名都，竹西佳處。寒酸處、《法曲獻仙音》：象筆鸞箋，甚而今不道秀句。補湊處、《齊天樂》：《邠》詩漫與，笑籬落呼燈，世間兒女。敷衍處、《淒涼犯》：追念西湖上半闋。支處、《湘月》：舊家樂事誰省。複處，《一萼紅》：翠藤共，閑穿徑竹，記曾共西樓雅集。不可不知。

白石小序甚可觀，苦與詞複。若序其緣起，不犯詞境，斯爲兩美已。

竹山有俗骨，然思力沉透處，可以起懦。碧山胸次恬淡，故黍離麥秀之感，只以唱歎出之，無劍拔弩張習氣。

詠物最爭託意隸事處，以意貫串，渾化無痕，碧山勝場也。詞以思筆爲入門階陛。碧山思筆，可謂雙絕。幽折處，大勝白石，惟圭角太分明，反復讀之，有水清無魚之恨。

梅溪才思，可匹竹山。竹山粗俗，梅溪纖巧。粗俗之病易見，纖巧之習難除，穎悟子弟，尤易受其熏染。余選梅溪詞，多所割愛，蓋慎之又慎云。

梅溪好用偷字，品格便不高。

玉田才本不高，專恃磨礱雕琢，裝頭作腳，處處妥當，後人翕然宗之。然如《南浦》之賦春水，《疏影》之賦梅影，逐韻凑成，豪無脈絡，而戶誦不已，真耳食也！其他宅句安章，偶出風致，乍見可喜，深味索然者，悉從沙汰。

筆以行意也，不行須換筆；換筆不行，便須換意。玉田惟換筆，不換意。

皋文不取夢窗，是爲碧山門逕所限耳。夢窗立意高，取徑遠，皆非餘子所及。

惟過嗜餖飣，以此被議。若其虛實並到之作，雖清真不過也。

竹屋、蒲江並有盛名。蒲江窘促，等諸自鄶；竹屋硜硜，亦凡響耳。草窗鏤冰刻楮，精妙絕倫；但立意不高，取韻不遠，當與玉田抗行，未可方駕王、吳也。

北宋主樂章，故情景但取當前，無窮高極深之趣。南宋則文人弄筆，彼此爭名，故變化益多，取材益富。然南宋有門逕，有門逕，故似深而轉淺；北宋無門逕，無門逕，故似易而實難。初學琢得五七字成句，便思高揖晏、周，殆不然也。北宋含蓄之妙，逼近溫、韋；非點水成冰時，安能脫口即是？

周、柳、黃、晁皆喜爲曲中俚語，山谷尤甚，此當時之軼平勾領，原非雅音。若託體近俳，而擇言尤雅，是名本色俊語，又不可抹煞矣。

雅俗有辨，生死有辨，真僞有辨，真僞尤難辨。稼軒豪邁是真，竹山便僞；碧山恬退是真，姜、張皆僞。味在酸鹹之外，未易爲淺嘗人道也。

詞筆不外順逆反正，尤妙在複、在脱。複處無垂不縮，故脱處如望海上，三山妙發。溫、韋、晏、周、歐、柳，推演盡致；南渡諸公，罕復從事矣。

『東』『真』韻寬平，『支』『先』韻細膩，『魚』『歌』韻纏綿，『蕭』『尤』韻感慨，各有聲響，莫草草亂用。

陽聲字多則沉頓，陰聲字多則激昂，重陽間一陰，則柔而不靡，重陰間一陽，則高而不危。

韻上一字最要相發，或竟相貼，相其上下而調之，則鏗鏘諧暢矣。

紅友極辨『上』『去』，是已。『上』『入』亦宜辨：『入』可代『去』，『上』不可代『去』，『入』之作『平』者無論矣。其作『上』者可代『平』，作『去』者斷不可以代『平』。『平』『去』是兩端：『上』由『平』而之『去』，『入』由『去』而之『平』。

『上』聲韻，韻上應用仄字者，『去』爲妙。『去』『入』韻，則『上』爲妙。

『平』聲韻，韻上應用仄字者，『去』爲妙，『入』次之。疊則聱牙，鄰則無力。

雙聲疊韻字，要著意布置，有宜雙不宜疊，宜疊不宜雙處。重字則既雙且疊，尤宜斟酌。如李易安之『淒淒慘慘戚戚』三疊韻、六雙聲，是鍛鍊出來，非偶然拈得也。

硬字軟字宜相間，如《水龍吟》等俳句尤重。

領句單字，一調數用，宜令變化渾成，勿相犯。

一領四五六字句，上二下三、上三下二句，上三下四、上四下三句，四字平句，五七字渾成句，要合調無痕；重頭疊腳，蜂腰鶴膝，大小韻，詩中所忌，皆宜忌之。

積字成句，積句成段，最是見筋節處。如《金縷曲》中第四韻，煞上則妙，領下則減色矣。

吞吐之妙，全在換頭煞尾。古人名換頭爲過變，或藕斷絲連，或異軍突起，皆須令讀者耳目振動，方成佳製。換頭多偷聲，須和婉。和婉則句長節短，可容攢簇。

煞尾多減字，須峭勁。峭勁則字過音留，可供搖曳。

文人卑填詞爲小道，未有以全力注之者。其實專精一二年，便可卓然成家。若厭難取易，雖畢生馳逐，費烟楮耳！余少嗜此，中更三變，年逾五十，始識康莊。自悼冥行之艱，遂慮問津之誤；不揣輓陋，爲察察言。退蘇進辛，糾彈姜、張，剟刺陳、史，芟夷盧、高，皆足駭世。由中之誠，豈不或亮？其或不亮，然余誠矣！

道光十有二年冬十一月八日，止庵周濟記於春水懷人之舍。

復堂詞話

一

右録三百四十餘人，詞一千四十七首。敘曰：詞爲詩餘；非徒詩之餘，而樂府之餘也。律呂廢隊（墜）則聲音衰息，聲音衰息則風俗遷改。樂經亡而六藝不完，樂府之官廢而四始六義之遺，蕩焉泯焉！夫音有抗隊，故句有長短；聲有抑揚，故韻有緩促：生今日而求樂之似，不得不有取於詞矣。

樂府多采五七言絕句，自李太白創詞調。比至宋初，慢詞尚少。至大晟之署，

《應天長》《瑞鶴仙》之屬，上薦郊廟，拓大厥宇，正變日備。愚謂詞不必無頌，而大旨近雅，於雅不能大，然亦非小，殆雅之變者歟？其感人也尤捷，無有遠近幽深，風之使來：是故比興之義，升降之故，視詩較著，夫亦在於爲之者矣。上之言志，永言次之。志絜行芳，而後洋洋乎會於風雅。琱琢曼辭，蕩而不反，文焉而不物者，過矣靡矣！又豈詞之本然也哉！獻十有五而學詩，二十二旅病會稽，乃始爲詞，未嘗深觀之也。然喜尋其恉於人事，論作者之世，思作者之人。三十而後，審其流別，乃復得先正緒言，以相啓發。年踰四十，益明於古樂之似，在樂府；樂府之餘在詞。昔云：『禮失而求之野』；其諸樂失而求之詞乎？然而靡曼熒眩，變本加厲，日出而不窮，因是以鄙夷焉，揮斥焉。又其爲體，固不必與莊語也，而後側出其言，旁通其情，觸類以感，充類以盡；甚且作者之用心未必然，而讀者之用心何必不然；言思擬議之窮，而喜怒哀樂之相發，嚮之未有得於詩者，今遂有得於詞。如是者年至五十，其見始定。先是寫本朝人詞五卷，以相證明。復就二十二歲以來審定由唐至明之詞，始多所棄，中多所取，終則旋取旋棄，旋棄旋取，乃寫定此千篇，爲《復堂詞録》：前集一卷，正集七卷，後集二卷。珂謹按：書成於光緒八年九月，未刊行，師歸道山矣。其間字句不同，名氏互異，皆有據依，殊於流俗。其大意則折衷古今名人之論，而非敢逞一人之私言，故以論詞一卷附焉。大雅之才三十六，小雅之才七十二，世有其人，則終以詞爲小道也，亦奚不可之有？《復堂詞録敘》。

二

國朝二百餘年，問學之業絶盛，固陋之習蓋寡。自六書、九數、經訓、文辭、篆隸之字，開方之圖，推究於漢以後、唐以前者，備矣。至於填詞，僕少學焉，得本輒尋其所師，好其所未言。二十餘年，而後寫定，就所睹記，題曰《篋中》。其事爲大雅所笑，其旨與凡人或殊，容若、竹垞而後，且數變矣，論其卷中，不覼縷也。李白、温岐，文士爲之；昇元、靖康，君王爲之；將相大臣，范仲淹、辛棄疾爲之；文學侍從，蘇軾、周邦彦爲之；志士遺民，王沂孫、唐珏之徒皆作者也。昔人之論賦曰：『懲一而勸百』，又曰：『曲終而奏雅』，麗淫麗則，辨於用心；無小非大，皆曰立言：惟詞亦有然矣！《篋中詞敘》

三

及門徐仲可中翰，録《詞辨》索予評泊，以示榘範。予固心知周氏之意，而持論小異：大抵周氏所謂變，亦予所謂正也。而折衷柔厚則同。仲可比類而觀，思過半矣。周氏止庵《詞辨跋》。

四

周美成云：『流潦妨車轂』，又曰：『衣潤費鑪烟』。辛幼安云：『不知筋力衰多少，祇覺新來孄上樓。』填詞者，試於此消息之。不佞悅學卅年，稍習文筆，大慚小慚，細及倚聲。鄉人項生，以爲『不爲無益之事，何以遣有涯之生』。其言危苦；然而知二五而未知十也。《復堂詞自敘》。

五

盡頭語。單調中重筆，五代後絕響。源出古樂府。

『百花時』三字，加倍法，亦重筆也。評溫庭筠《南歌子》三闋。首闋起句：『手裏金鸚鵡。』

猶是盛唐絶句。評溫庭筠《夢江南》。起句：『梳洗罷。』以下均周氏止庵《詞辨》上卷。

六

亦塡詞中『古詩十九首』。即以讀『十九首』心眼讀之。强顔作愉快語。怕斷腸，腸亦斷矣。項莊舞劍。怨而不怒之義。評韋莊《菩薩蠻》四闋。首闋起句：『紅樓別夜堪惆悵。』

七

未起意先改，直下語似頓挫。『認得行人驚不起』，頓挫語似直下。『驚』字倒裝。評歐陽炯《南鄉子》。起句：『岸遠沙平。』

八

金碧山水，一片空濛。此正周氏所謂『有寄託入，無寄託出』也。此闋敘事。行雲、百草、千花、香車、雙燕，必有所託。宋刻玉翫，雙層浮起。筆墨至此，能事幾盡。評馮延巳《蝶戀花》四闋。首闋起句：『六曲闌干偎碧樹。』開北宋疏宕之派。評馮延巳《浣溪沙》。起句：『馬上凝情憶舊游。』

九

刺詞。評晏殊《踏莎行》。起句：『小徑紅稀。』

一〇

名句，千古不能有二。所謂柔厚在此。評晏幾道《臨江仙》。起句：『夢後樓臺高鎖。』

一一

耆卿正鋒以當杜詩。評柳永《傾盃樂》。起句：『木落霜洲。』

一二

淮海在北宋，如唐之劉文房。評秦觀《滿庭芳》。起句：『山抹微雲。』

一三

已是磨杵成鍼手段。用筆欲落不落。　此類噴醒，非玉田所知。　斜陽七字，微吟千百徧，當入三昧，出三昧。評周邦彥《蘭陵王・柳》。起句：『柳陰直。』

但以七言古詩長篇法求之，自悟。評周邦彥《六醜・薔薇謝後作》。起句：『正單衣試酒。』

麗極而清，清極而婉，然不可忽過『馬滑霜濃』四字。評周邦彥《少年游》。起句：『并刀如水。』

『凝望久』以下，筋搖脈動。評周邦彥《花犯·梅花》。起句：『粉牆低。』

所謂以無厚入有間。『斷』字『殘』字，皆不輕下。本是人去不與春期，翻說是無憀之思。評周邦彥《浪淘沙慢》。起句：『曉陰重。』

一四

李義山詩，最善學杜。評陳克《菩薩蠻》二闋。首闋起句：『赤闌橋盡香街直。』

一五

正面已足。深湛之思，最是善學清真處。評吳文英《憶舊游·別黃澹翁》。起句：

『送人猶未苦。』

雖亦是平起，而結響頗遒。評吳文英《齊天樂》。起句：『烟波桃葉西陵路。』

此是夢窗極經意詞，有五季遺響。評吳文英《風入松》。起句：『聽風聽雨過清明。』

一六

南渡詞境高處，往往出於清真。評周密《玉京秋》。起句：『烟水闊。』

層折斷續，鎔錬瀝液。評周密《解語花》。起句：『暗絲罥蝶。』

一七

聖與精能，以婉約出之；以詩派律之，大歷諸家，去開、寶未遠。玉田正是勁敵，但士氣則碧山勝矣。蹊徑顯然。評王沂孫《眉嫵・新月》。起句：『漸新痕懸柳。』

此是學唐人句法、章法。『庾郎先自吟愁賦』，遜其蔚跂。評王沂孫《齊天樂・蟬》。起句：『一襟餘恨宮魂斷。』

《詩品》云：反虚入渾，妙處傳矣。評王沂孫《高陽臺》。起句：『殘雪庭除。』

刺朋黨日繁。評王沂孫《埽花游・綠陰》。起句：『捲簾翠溼。』

一八

運掉虚渾。玉田云：最是過變不可斷了曲意。評張炎《高陽臺・西湖春感》。起句：『接葉巢鶯。』

一氣旋折，作壯詞須識此法。白石嚶求稼軒，脱胎耆卿，此中消息，願與知音人參之。評張炎《甘州·餞沈秋江》。起句：『記玉關踏雪事清游。』

一九

汐社諸篇，當以江淹雜詩法讀之；更上則郭璞《游仙》、元亮《讀山海經》，字字詵麗，字字瓏玲。學者取月，於此梯雲。評唐珏《水龍吟·白蓮》。起句：『淡妝人更嬋娟。』

二〇

易安居士獨此篇有唐調，選家鑪冶，遂標此奇。評李清照《浣溪沙》。起句：『髻子傷春懶更梳。』

二一

豪宕。評李後主《玉樓春》。起句：『晚妝初了明肌雪。』以下均周氏止庵《詞辨》下卷。

濡染大筆。評李後主《相見歡》。起句：『林花謝了春紅。』

『淚眼問花花不語，落紅飛過秋千去』，與此同妙。評李後主《清平樂》。起句：『別來春半。』

雄奇幽怨，乃兼二難；後起稼軒，稍傖父矣。評李後主《浪淘沙》。起句：『簾外雨潺潺。』

二詞終當以神品目之。後主之詞，足當太白詩篇：高奇無匹。評李後主《虞美人》二闋。首闋起句：『風迴小院庭蕪綠。』

二二

哀悼感憤，終當存疑，當以入正集。評鹿虔扆《臨江仙》。起句：『金鎖重門荒苑盡。』

珂謹按：正集即《詞辨》上卷。

二三

大筆振迅。評范仲淹《蘇幕遮》。起句：『碧雲天。』

沉雄似張巡五言。評范仲淹《漁家傲》。起句：『塞下秋來風景異。』

二四

皋文《詞選》，以『考槃』爲比，其言非河漢也。此亦鄙人所謂作者未必然，讀者何必不然。評蘇軾《卜算子·雁》。起句：『缺月挂疏桐。』

頗欲與少陵《佳人》一篇互證。評蘇軾《賀新涼》。起句：『乳燕飛華屋。』

二五

稼軒心胸，發其才氣；改之而下則獷。

何嘗不和婉。評辛棄疾《青玉案·元夕》。起句：『東風夜放花千樹。』

大踏步出來，與眉山同工異曲。然東坡是衣冠偉人，稼軒則弓刀游俠。評辛棄疾《念奴嬌・書東流村壁》。起句：『野棠花落。』

權奇倜儻，純用太白樂府詩法。評辛棄疾《摸魚兒・淳熙己亥，自湖北漕移湖南，同官王正之置酒小山亭賦》。起句：『更能消幾番風雨。』

裂竹之聲，何嘗不潛氣内轉。評辛棄疾《水龍吟・旅次登樓》。起句：『楚天千里清秋。』

起句嫌有獷氣。使事太多，宜爲岳氏所譏。非稼軒之盛氣，勿輕染指也。評辛棄疾《永遇樂・京口北固亭懷古》。起句：『千古江山。』

以古文長篇法行之。評辛棄疾《漢宮春・立春》。起句：『春已歸來。』

旋撇旋挽。評辛棄疾《蝶戀花・元旦立春》。起句：『誰向椒盤簪綵勝。』

二六

白石、稼軒同音笙磬；但清脆與鏜鞳異響，此事自關性分。評姜夔《淡黃柳·客居合肥城南赤闌橋之西，巷陌淒涼，與江左異，惟柳色夾道，依然可憐，因度此曲，以紓客懷》。起句：『空城曉角。』

石湖詠梅，是堯章獨到處。評姜夔《疏影》《暗香·詠梅》。首闋起句：『舊時月色。』

二七

放翁穠纖得中，精粹不少；南宋善學少游者惟陸。評陸游《朝中措》。起句：『怕歌愁舞懶逢迎。』

二八

能用齊、梁小樂府意法入填詞，便參上乘。評劉過《玉樓春》。起句：『春風只在園西畔。』

二九

瑰麗處鮮妍自在。詞藻太密。評蔣捷《賀新涼》。起句：『夢冷黃金屋。』

三〇

閲無錫丁紹儀杏舲《國朝詞綜補》稟本。揚王昶侍郎之波，集中輩行錯落，聞見淺陋。予所見近人詞，多丁所未見。《詞綜續編》，嘉善黄霽青已成數十卷，黄韻珊繼之，有成書矣。《復堂日記》癸亥。

三一

挑鐙讀宋人詞，至柳耆卿，云：『狎興生疏，酒徒蕭索，不似少年時。』語不工，甚可慨也！《復堂日記》甲子。

三二

閱陳實庵《鴛鴦宜福詞》《吹月詞》。婉約可歌，有竹山、碧山風味。杭州填詞，爲姜、張所縛；偶談五代、北宋，輒以空套抹摋。百年來，屈指惟項蓮生有真氣耳。實庵雖未名家，要是好手。《復堂日記》乙丑。

三三

選次《瑤華集》，爲予《篋中詞》始事。《復堂日記》丙寅。

三四

閲嘉興張玉珊《寒松閣詩詞稿》。詩篇秀絶，未深思耳。詞尤婉麗。《復堂日記》戊辰。

三五

閲蔣鹿潭《水雲樓詞》。婉約深至，時造虚渾，要爲第一流矣。閲項蓮生《憶雲詞》，篇旨清峻，託體甚高，一埽浙中喘膩破碎之習。蓮生仰窺北宋，而天賦殊近南唐，《丁稾》一卷，偏和五代詞，合者果無愧色。有明以來，詞家斷推《湘真》第一，《飲水》次之。其年、竹垞、樊榭、頻伽尚非上乘。近擬撰《篋中詞》，上自

《飲水》，下至《水雲》，中間陳、朱、厲、郭、皋文、翰風、枚庵、稚圭、蓮生諸家，千金一冶，殊呻共吟：以表填詞正變，無取刻畫二窗，皮傅姜、張也。《復堂日記》戊辰。

三六

閱許海秋《玉井山房詩餘》。幽窈綺密，名家之詞。《復堂日記》戊辰。

三七

閱吳子述《蓮子居詞話》。頗見深微，有功倚聲不小。《復堂日記》己巳。

三八

閲《定庵詩詞》新刻本。詩，佚宕曠邈，而豪不就律，終非當家。詞，緜麗沉揚，意欲合周、辛而一之奇作也。《復堂日記》庚午。

三九

讀《絕妙好詞箋》。南宋樂府，清詞妙句，略盡於此，高于唐人選唐詩矣。四水潛夫填詞名家，善別擇，非《花間》《草堂》之繁猥。南宋人詞，情語不如景語，而融法使才，高者亦有合於柔厚之旨。《復堂日記》庚午。

四〇

江君秋珊，旌德人，刻《願爲明鏡室詞》，來屬論定。有婉潤之致，不傖劣也。欲爲刪削。江君固有意重刻詞中一語，曰：『楊柳當門青倒垂』，七字名雋。原注：別十餘年，秋珊詞學大就，能求聲音之原。又言詞有襯字，辨相傳又一體之非。有《詞學集成》六卷。乙酉補注。《復堂日記》壬申。

四一

蔣京兆載園獨居，誦本朝人詞，悄然於錢葆馚、沈遹聲，以爲猶有黍離之傷也。蔣京兆選《瑤華集》，兼及雲間三子。周稚圭有言：成容若，歐、晏之流，未足以當李重光。然則重光後身，惟臥子足以當之。嘉慶時，孫月坡選《七家詞》，爲厲樊榭、林蠡槎、吴枚庵、吴穀人、郭頻伽、汪小竹、周稚圭，去取精審。予欲廣之，爲前七家，則輳文、葆馚、羡門、漁洋、粱汾、容若、遹聲，又附舒章、去矜、其年爲十家。後七家，則臯文、保緒、定庵、蓮生、海秋、鹿潭、劍人，又附翰風、梅伯、少鶴爲十家。詞自南宋之季，幾成絶響。元之張仲舉，稍存比興。明則臥子直接唐人，爲天才。近代諸家，類能祧南宋而規北宋。若孫氏與予所舉二十餘人，皆樂府中高境，三百年所未有也。《復堂日記》壬申。

四二

偶作《十六字令》云：『寒，燕子辭巢漸欲還。無人處，記取舊紅闌。』蓋有去鄉之志，占此爲别。《復堂日記》癸酉。

四三

九月，南還。十月，一病幾殆。十一月，赴官安慶，道出嘉善，金眉生都轉招飲，中坐以周保緒《宋四家詞選》見貽，潘侍郎新刻。周先生有《詞辨》十卷，稿本亡失；潘季玉觀察刻，二卷，版亦毁矣。去年重九，張公束寄我寫本，甚珍異。嘗馳書越中，以託陶子珍。此《四家詞選》，爲後來定本。陳義甚高，勝於《宛鄰詞選》。即潘四農亦無可詆諆矣。以有寄託入，以無寄託出，千古辭章之能事盡；豈獨填詞爲然？《復堂日記》甲戌。

四四

爲新城黄襄男題行看子書《定風波》二調：『歸興年年厭曉鴉，無風波處也思家。何況風波渾未了，不道，釣竿難覓似黄麻。　老去臨淵何所羡？一綫，殘春心事惜飛花。漁弟漁兄無信息，贏得，鳴榔津鼓夢中差。』『雨笠烟蓑兩不知，擎杯偷照鬢邊絲。無用文章君莫笑，誤了，畫中人更誤伊誰？　網得長魚鱗莫損，還肯，撇波來去寄相思。酒債尋常行處有，記否？冷吟閒醉少年時。』《復堂日記》丙子。

四五

閲王氏《詞綜》四十八卷、二集八卷。王侍郎去取之旨，本之朱錫鬯，而鮮妍修飾，徒拾南渡之瀋，以石帚、玉田爲極軌，不獨《珠玉》《六一》《淮海》《清真》皆成絶響，即中仙、夢窗深處，全未窺見。予欲撰《篋中詞》，以衍張茗柯、周介存之學，今始事王選所掇者，百一而已。《復堂日記》丙子。

四六

閲黄燮清韻珊選《詞綜續編》。填詞至嘉慶，俳諧之病已淨，即蔓衍闡緩，貌似南宋之習，明者亦漸知其非。常州派興，雖不無皮傅，而比興漸盛。故以浙派洗明代淫曼之陋，而流爲江湖；以常派挽朱、厲、吴、郭原注：頻伽流寓。佻染餖飣之失，而流爲學究。近時頗有人講南唐、北宋，清真、夢窗、中仙之緒既昌，玉田、石帚漸爲已陳之芻狗。周介存有『從有寄託入，以無寄託出』之論，然後體益尊，學益大。近世經師惠定宇、江艮庭、段懋堂、焦里堂、宋于庭、張皋文、龔定庵多工小詞，其理可悟。《復堂日記》丙子。

四七

《篋中詞》五卷，前年録成，復補數家。潘四農《養一齋詞》，清疏老成，而少生氣。其持論頗訾議《宛鄰詞選》。以北宋之詞，當盛唐之詩，不爲無見。而理路言詮，終非直湊單微之手。何青耜《心庵詞存》，駘宕麗逸，如見六朝人物。與許海秋齊名，不虚也。《復堂日記》己卯。

四八

閲丹徒馮煦夢華《蒙香室詞》。趨向在清真、夢窗，門徑甚正，心思甚邃，得澀意。惟由澀筆，時有累句，能入而不能出。此病當救以虛渾。單調小令，上不侵詩，下不墮曲，高情遠韻，少許勝多。殘唐、北宋，後成罕格。夢華有意於此，深入容若、竹垞之室，此不易到。《復堂日記》己卯。

四九

行縣，大風，輿中閉置簾，隙中閲《草堂詩餘》。是書，人以惡札目之；然去柳、黄、康、胡諸俚詞，則名篇秀句，大略具在。予欲仿漁洋十種唐詩例，取《花間》

《尊前》《草堂》《花庵中興》《元儒草堂》各選删正之。周公謹《絶妙好詞》可以孤行，則不措手。漁洋各還本集，不薙複緟。予則用明人選唐詩例，合編之，注出某選。此付鈔胥，十日可成。《復堂日記》己卯。

五〇

村舍點閲《草堂詩餘》。擁鼻微吟，竟忘身作催租吏也。《草堂》所録，但芟去柳耆卿、黄山谷、胡浩然、康伯可、僧仲殊諸人惡札，則兩宋名章迴句，傳誦人間者，略具。宜其與《花間》並傳，未可廢也。《詩餘續編》二卷，不知出何人。擇言雅矣，然原選正不諱俗，蓋以盡收當時傳唱歌曲耳。續采及元人，疑出明代。然卷中録稼軒、白石諸篇，陳義甚高，不隨流俗，明世難得此識曲聽真之人。《復堂日記》庚辰。珂謹按：庚申（即中華民國九年）季春，武進趙君叔雍刊行之《蓼園詞選》，即取材於《草堂詩餘》，而汰其近俳近俚諸作者也。每闋後綴小箋，意在引掖後學。蓼園姓黃氏，廣西人。叔雍名尊嶽，工詞。況夔笙前輩周頤嘗謂：叔雍微尚清遠，盛年馳譽，於倚聲之學，尤能覃精覃思，發前人所未發也。

五一

涑人刺史尊人介堂太守，詠『陳拜鄉八角陳鏡』《八寶妝》詞云：『翠箔成塵，銀華蝕土，一片南朝月冷。飛上棠梨雙蛺蝶，零亂隔江花影。歌殘桃葉數聲，金陵紫氣銷沉盡。賸有興亡遺鑑，芙蓉睡醒。　此日繡滿苔痕，繁華舊夢，擘箋人在荒梗。念誰伴青燐碧草，雲母畫屏猶整。好攜去、金烟玉水，蟾蜍細細瑩珠粉。試照徧秦淮，菱花悵斷胭脂井。』此詞絕似元遺山、張伯雨。又有『秋老花新，酒濃人澹』，八字可入《詞眼》。斷句云：『緑上眉梢紅上頰，酒上心時，黛様青山油樣水，花樣人兒。』亦當時傳唱。原注：《八寶妝》與譜不協，有脱誤。《復堂日記》庚辰。

五二

春光漸老，誦黄仲則詞：『日日登樓，一换一番春色；者似卷如流春日，誰道遲遲？』不禁黯然！初月侵簾，逡巡徐步，遂出南門曠野舒眺；安得拉竹林諸人，作幕天席地之游？《復堂日記》辛巳。

五三

閲《樂府雅詞》《陽春白雪》。趙立之去取有意，似勝曾慥，與四水潛夫《絕妙好詞》比肩鼎足者，其鳳林書院乎？《復堂日記》壬午。

五四

自杭州借高白叔藏《歷代詩餘》來，排日閱之，將以補《詞綜》所未備。如袁去華、韓淲，竹垞所未見者具在。予欲訂《篋中詞》全本，今年當首定之。選言尤雅，以比興爲本，庶幾大廓門庭，高其牆宇。《復堂日記》壬午。

五五

校《絕妙好詞》。往時評泊，與近日所見，義微不同；蓋庚午至今十三年矣。《復堂日記》壬午。

五六

寫定《復堂詞録》。以唐、五代爲前集，一卷，宋集七卷，金、元一卷，明一卷，爲後集。從《歷代詩餘》甄采，補朱、王二家《詞綜》所無，蓋十之二。又從丁紹儀《聽秋聲館詞話》中，鈔得明季錢忠介、張忠烈二詞，如獲珠船。予選詞之志，亦二十餘年，始有定本，去取之指，有敍入集。《復堂日記》壬午。

五七

唐子愉以績溪汪時甫《藕絲詞》見貽。清脆婉秀，固是當行；蓋王眉叔之友也。《復堂日記》癸未。

五八

廉訪珂謹按：廉訪即張樵野侍郎蔭桓。亡友謝韋庵有《白香詞譜箋》槀本，綱羅亦富；所託未尊，不能追厲箋《絕妙好詞》也。屬予校正付刻。《復堂日記》甲申。

五九

趙對澂野航《小羅浮閣詞》，功力頗深，心思婉密，亦嘗染指蘇、辛，不徒柔膩；惟以兼治散曲，聲味不無闌入韻雜律疏，未能多誦，録七首入《篋中詞》，亦云識曲聽真矣。族孫念倫懿士有《雲無心軒遺稿》，詩律幽蒨，琢句多姚合、許渾家法；填詞不多，亦録一首。《復堂日記》甲申。

六〇

甘劍侯主講六安書院，寄鄧嶰筠督部《雙研齋詞》寫本。其才氣韻度，與周稚圭伯仲；然而三事大夫、憂生念亂，竟似新亭之淚，可以覘世變也。《復堂日記》乙酉。

六一

宿中廟待月，月出，臨湖覽眺。《白石詞》『千頃翠瀾』，盪人胸臆，姥山中流一螺，殆如浮玉望焦山宅矣。《復堂日記》乙酉。

六二

謙齋珂謹按：即王尚辰。老去填詞，吟安一字，往往倚枕按拍，竟至徹曉。固知惟狂若嗣宗，乃爲至慎。予自來合州，與謙齋交，改罷長吟，奚童相望，兩人有同好也。《復堂日記》乙酉。

六三

閱《阮亭詩餘》一卷。與予舊藏寫本微異。嚴修能《柯家山館詞》婉約可歌。袁湘湄《洮瓊館詞》，秀潤如秋露中牽牛花也。《復堂日記》丁亥。

六四

錢謝盦《微波亭詞》，一往情深，似謝朓、柳惲詩篇也。《復堂日記》丁亥。

六五

校新刻《片玉詞》盡。記《歷代詩餘》《草堂詩餘》《詞綜》《詞律》異同，寫定考異百餘字。《復堂日記》丁丑。

六六

審定《詞律拾遺》張韻，梅校語精密固多，臆説亦不少。徐君珂謹按：即徐本立，字誠齋。拾紅友之遺，網羅散失，不無襲謬因譌，且生澀俗陋之調求備，殆可廢也。《復堂日記》戊子。

六七

鄧嶰筠督部《雙硯齋詞》，宋于廷序之，忠誠悱惻，咄唶乎騷人，徘徊乎變雅，將軍白髮之章，門掩黄昏之句，後有論世知人者，當以爲歐、范之亞也。《復堂日記》戊子。

六八

予聞長白宗山嘯梧郡丞名字，由《侯鯖詞》。五家中，吴晉壬爲卅年舊交。鄧笏臣、俞小甫、邊竺潭歸里後，譚藝甚歡。而宗君已前卒。今者校定遺稾，詩篇秀逸，詞旨遥深，雜著文外獨絶，言之有味，且嗣宗至慎，頗有見道之語。《復堂日記》己丑。珂謹按：宗師，漢軍人；鄧師，名嘉純；俞師，名廷瑛，吴縣人；邊師，名保樞，任邱人。

六九

俞小甫《璚華室詞》，雅令夷婉，望而知其深于詩者。無膩碎之習，有繁會之音。《復堂日記》己丑。

七〇

番禺葉南雪太守衍蘭介許邁孫以《秋夢盦詞》，屬予讀定。綺密隱秀，南宋正宗。于予論詞，頗心折，不覺爲之盡言。《復堂日記》己丑。

七一

孫月坡選《絶妙近詞》三卷，多幽澹怨斷之音，可以當中唐人詩矣。原注：今年游鄂，交關季華，乃知集中有借刻名氏者。庚寅八月記。《復堂日記》己丑。

七二

閱閩中《聚紅榭雅集》詩詞。倚聲似揚辛、劉之波，惟枚如多振奇獨造語；贊軒較和婉入律。《復堂日記》己丑。

七三

漢軍文焯叔問《瘦碧詞》，持論甚高，摛藻綺密，由夢窗以跂清真；近時作手，頗難其匹。《復堂日記》己丑。

七四

俞成之來訪，談海鹽張宗橚撰《詞林紀事》甚精，刻本傳世絶少，記此以求。《復堂日記》己丑。

七五

點定徐生仲玉行卷，填詞婉約有度；詩篇能爲直幹；駢儷音采凡近，不見體勢；情韻則非所長也。《復堂日記》辛卯。珂謹按：光緒己丑，珂自餘姚還杭，應秋試。師方罷官里居。以通家子相見禮上謁（時猶字仲玉，明年改字仲可），呈所習駢文詩詞就正，皆十八歲前作。師奬勉殷拳，納之門下。越二年爲辛卯，師點定寄還，即師加墨之行卷也。卷藏行笥，奔走南朔，恒自隨。戊戌秋，自小站袁項城幕乞假南旋，遄盜甬東，笥被攫，師之手迹，遂不可復覩（先子印香府君復盦覓句圖，亦是時所失），僅得見之於師之日記矣。辛卯逮今，忽忽三十五載，師墓木久拱。珂五十無聞，且又加七，疇昔所學，曾無寸進之爲愧，而又自恨老之將至（七十始可曰老，见《禮記》），爲人事所困，未能補讀也。濩落無成，愧負師門矣！乙丑三月，校刊時謹識。

七六

甯鄉程頌萬子大在長沙聯湘社唱酬，如二易、何、王，英英俠少。而吾友江夏鄭湛侯以風塵吏蝨其間，刻行《湘社集》。子大《鷗笑集》，填詞婉密，《蠻語集》詩卷，才思不匱，趨向亦正。《復堂日記》辛卯。

七七

臨桂況夔笙舍人周儀珂謹按：『儀』今改『頤』。暫客杭州，聞聲過從，銳意爲倚聲之學。與同官端木子疇、王幼遐、許子瑑唱和，刻《薇省同聲集》，優入南渡諸家之室。夔笙網羅詞家選本別集，篋衍盈數百家。秀水女士錢餐霞《雨花盦詩餘》，予借觀，洗鍊婉約，得宋人流別。附詞話，亦殊朗詣。又示予蘇汝謙《虛谷雪波詞》寫本，唐子實《涵通樓師友文鈔》，附龍、王、蘇三家詞，今爲本多唐刻所未見。蘇君超超，殆翰臣、少鶴兩先生所不能掩，予采擷入《篋中詞續》；此事殊未已也。《復堂日記》辛卯。

七八

錫鬯、其年行而本朝詞派始成。顧朱傷於碎，陳厭其率，流弊亦百年而漸變。錫鬯情深，其年筆重，固後人所難到。嘉慶以前，爲二家牢籠者，十居七八。《篋中詞》。

七九

沈遹駿倚聲柔麗，探源淮海、方回，所謂層臺緩步，高謝風塵，有竟體芳蘭之妙。《篋中詞》。

八〇

太鴻思力，可到清真；苦爲玉田所累。填詞至太鴻，真可分中仙、夢窗之席。世人爭賞其餖飣窳弱之作，所謂微之識碔砆也！《樂府補題》別有懷抱，後來巧構形似之言，漸忘古意；竹垞、樊榭不得辭其過。浙派爲人詬病，由其以姜、張爲止境；而又不能如白石之澀，玉田之潤。録乾隆以來，慎取之。《篋中詞》。

八一

祭酒珂謹按：即吴穀人祭酒錫麒。名德清才，矜式後起。詩規漁洋，詞學樊榭，可云正宗；而骨脆才弱，成就甚小。《篋中詞》。

八二

南宋詞敝，瑣屑餖飣，朱、厲二家，學之者流爲寒乞。枚庵高朗，頻伽清疏，浙派爲之一變。而郭詞則疏俊少年尤喜之。予初事倚聲，頗以頻伽名雋，樂於風詠；繼而微窺柔厚之旨，乃覺頻伽之薄。又以詞尚深澀，而頻伽滑矣。後來辨之。《篋中詞》。

八三

休寧孫耀乾乾隆中與汪西顥交。《籽香堂詞》，雅健有夢窗、草窗遺意。《篋中詞》。

八四

翰豐珂謹按：即張琦。與哲兄珂謹按：即張惠言。同撰《宛鄰詞選》。雖町畦未闢，而奥窔始開；其所自爲，大雅遒逸，振北宋名家之緒。其子仲遠序《同聲集》，有云：『嘉慶以來，名家均從此出。』信非虚語。周止齋益窮正變；潘四農又持異論。要之，倚聲之學，由二張而始尊耳。《篋中詞》。

八五

常州詞派，不善學之，入於平鈍廓落；當求其用意深雋處。《篋中詞》。

八六

《茗柯詞選》珂謹按：即《宛鄰詞選》。出，倚聲之學，日趨正鵠。張氏甥董晉卿造微踵美，止庵切磋於晉卿，而持論益精。其言曰：『慎重而後出之，馳騁而變化之，胸襟醞釀，乃有所寄。』又曰：『詞非寄託不入，專寄託不出。一物一事，引伸觸類，意感偶生，假類必達，斯入矣；萬感横集，五中無主，赤子隨母笑啼，野人緣劇喜怒，能出矣。』以予所見，周氏撰定《詞辨》《宋四家詞筏》，珂謹按：即《宋四家詞選》。推明張氏之旨而廣大之，此道遂與於著作之林，與詩賦文筆，同其正變。止庵自爲詞，精密純正，與茗柯把臂入林。《篋中詞》。

八七

四農大令珂謹按：即潘德輿。與葉生書，略曰：『張氏《詞選》，抗志希古，標高揭己，宏音雅調，多被排擯；五代、北宋有自昔傳誦，非徒隻句之警者，張氏亦多恝然置之。竊謂詞濫觴於唐，暢於五代，而意格之閎深曲摯，則莫盛於北宋；詞之有北宋，猶詩之有盛唐，至南宋則稍衰矣。』云云。張氏之後，首發難端，亦可謂言之有故。然不求立言宗旨，而以迹論，則亦何異明中葉詩人之侈口盛唐耶？宜《養一齋詞》平鈍淺狹，不足登大雅之堂也。然其鍼砭張氏，亦是諍友。《篋中詞》。

八八

稚圭中丞，珂謹按：即周之琦。撰《心日齋十六家詞選》，截斷衆流，金鍼度與；雖未及臯文、保緒之陳義甚高，要亦倚聲家疏鑿手也。《篋中詞》。

八九

《冬巢詞》珂謹按：即汪潮生著。粹美無疵，深入宋賢之室。同時抗手，有王西御《秋蓮子詞》。《篋中詞》。

九〇

秋舲先生珂謹按：即趙慶熺。詞名甚著；竊嘗議其剽滑，不能多録。《篋中詞》。

九一

順卿珂謹按：即戈載。謹於持律，剖及豪芒，道光間吴越詞人，從其説者，或不免晦澀窳離，情文不副。然實爲聲律諍臣，不可就便安而偭越也。《篋中詞》。

九二

蓮生珂謹按：即項鴻祚。古之傷心人也。盪氣回腸，一波三折，有白石之幽澀，而去其俗；有玉田之秀折，而無其率；有夢窗之深細，而化其滯：殆欲前無古人。其《乙稾》自序：『近日江南諸子，競尚填詞，辨韻辨律，翕然同聲，幾使姜、張頫首；及觀其著述，往往不逮所言。』云云。婉而可思。又《丁稾》序云：『不爲無益之事，何以遣有涯之生？』亦可以哀其志矣！以成容若之貴，項蓮生之富，而填詞皆幽艷哀斷，異曲同工，所謂別有懷抱者也。《篋中詞》。

九三

定公珂謹按：即龔鞏祚。能爲飛仙劍客之語，填詞家長爪梵志也。昔人評山谷詩，如食蝤蛑，恐發風動氣；予於定公詞亦云。《篋中詞》。

九四

以温、李詩筆入詞，自是精品。《篋中詞》。珂謹按：此評沈傳桂《高陽臺》詞。

九五

芥堂先生珂謹按：即周岱齡。有『秋老花新，酒濃人澹』八字，可入《詞眼》。

九六

大令珂謹按：即黃曾，字菊人。審律甚嚴，胸襟凡近，詞多死句。《篋中詞》。

九七

海秋先生珂謹按：即許宗衡。傷心人別有懷抱，胸襟醞釀，非尋常文士，度越少鶴通政，珂謹按：即王錫振。爲近詞一大宗。齊名者有上元何青耜觀察。《篋中詞》。

九八

何先生珂謹按：即何兆瀛。詞，抗手許海秋，齊名文苑，不虛也。但沉鬱稍不逮許，而無海老枯率之失。《篋中詞》。

九九

編修珂謹按：即陳元鼎。《鴛鴦宜福詞》，艷冶纏綿。《篋中詞》。

一〇〇

仲海珂謹按：即姚正鏞。爲詞，思力甚刻至，才性均厚，是一作家。《篋中詞》。

一〇一

文字無大小，必有正變，必有家數。《水雲樓詞》珂謹按：即蔣春霖著。固清商變徵之聲，而流別甚正，家數頗大，與成容若、項蓮生二百年中，分鼎三足。咸豐兵事，天挺此才，爲倚聲家杜老。而晚唐、兩宋一唱三歎之意，則已微矣。

或曰：『何以與成、項並論？』應之曰：『阮亭、葆酚一流，爲才人之詞；宛鄰、止庵一派，爲學人之詞；惟三家是詞人之詞，與朱、厲同工異曲。其他，則旁流羽翼而已。』《篋中詞》。

一〇二

《萍綠》珂謹按：丁至和保庵著《萍綠詞》。與《水雲》齊名。胸襟未必盡同，填詞甚有工力。《篋中詞》。

一〇三

次梅珂謹按：即趙彥俞。六十學詞，成就於鹿潭，殊有俊語。《篋中詞》。

一〇四

袖石方伯珂謹按：即邊浴禮。填詞，刻意南宋，位置在草窗、玉田間。《篋中詞》。

一〇五

魯川廉訪珂謹按：即馮志沂。官比部時，予入都游從，屢過談藝。一日酒酣，忽謂予曰：『子鄉先生龔定庵言：詞出於《公羊》。此何説也？』予曰：『龔先生發論，不必由中，好奇而已。第以意内言外之旨，亦差可傅會。』魯翁曰：『然則近代多艷詞，殆出於《穀梁》乎？』蓋魯翁高文絶俗，不屑爲倚聲，故尊前諧語及此。《篋中詞》。

一〇六

閩中詞人，道、咸間唱和頗盛。予在閩所識，如劉贊軒、謝枚如輩，皆作手也。社集有《聚紅榭詩詞》之刻。《篋中詞》。

一〇七

兼塘先生珂謹按：即顧翰。倚聲名家，自成馨逸。朋輩中頻迦、伯夔，莫能相搶。《篋中詞》。

一〇八

野航珂謹按：即趙對瀓。名雋之才，運思婉密而激楚，亦學蘇、辛，倚聲可當名家。惟以闌入散曲，微茫處未免染指。佳篇不止於此，往往韻雜律疏，未能多誦。《篋中詞》。

一〇九

往年與莊仲求數乾隆以來陽羨詞流，幾幾人握蛇珠。而董晉卿先生《齊物論齋詞》迄未過讀，頗以爲憾。仲求盛稱《蘭石詞》，予亦未見方立遺書也。《篋中詞》。

一一〇

夢禪居士珂謹按：即葉英華。有《小游仙詞·法駕導引》一百首，託興幽微，辭條豐蔚，談者與樊榭老人絶句三百首並稱，不愧也。《篋中詞》。

一一一

夏玉延爲郭頻伽之甥，所謂『山抹微雲女婿』也。高秀之致，欲度冰清。《篋中詞》。

一一二

禮部珂謹按：即劉逢祿。經學，淵源皋文、方耕兩大師。《易》《書》《公羊》，可云卓爾。而凌雲辭賦，讓揖馬、揚。倚聲之學，猶復洞究源流，嘗撰《詞雅》五卷、八十家、三百首，《自叙》以爲：『唐、五代、宋所傳，才士名卿，閎意眇指，正變聲律具矣。』云云。集中詞衹七首，亦所謂善《易》者不言《易》也。《詞雅》一編，不知傳寫尚有其人否？《篋中詞》。

一一三

韻梅珂謹按：即張丈景祁。蚤飲香名，填詞刻意姜、張，研聲刌律，吾黨六七人，奉爲導師。故山兵劫，同好晨星，亂定重見，君已摧鋒落機，謝去斧藻，中年哀樂，登科已遲，又復屈承明之著作，走海國之韡板，不無黃鐘瓦缶之傷。倚聲日富，規制益高，駸駸乎北宋之壇宇。江東獨秀，其在斯人乎？外集集古，多長篇奇製，如《洞仙歌》《解連環》之組紃石帚，真無縫鉄衣也。《篋中詞》。

一一四

晉壬珂謹按：即吳唐林。如虹之氣，不屑爲滴粉搓酥語，而情深一往，無愧古人。《篋中詞》。

一一五

《瓊華室詞》珂謹按：即俞小甫師廷瑛著。熨帖頗近陳西麓。《篋中詞》。

一一六

誠庵珂謹按：即徐本立。撰《詞律拾遺》，搜采極博，審音矜慎，倚聲家功臣也。杜觀察珂謹按：即杜文瀾。踵武成書，校勘益密。張韻梅復正其譌失云。《篋中詞》。

一一七

邁孫珂謹按：即許丈增。老去填詞，傳頻伽、蒹塘本師衣缽。頻年校刻古今名家詞集，千金一冶，而矜慎下筆，一字未安，不欲問世。《篋中詞》。

一一八

蘭浦先生珂謹按：即陳澧。孫卿、仲舒之流，文而又儒。粹然大儒，不廢藻詠，填詞朗詣，洋洋乎會於《風》《雅》。乃使綺靡、奮厲兩宗，廢然知反。《篋中詞》。

一一九

三十年前客閩，與無錫丁君杏舲相識。君方纂《詞綜補編》。予告以黄霽青觀察屬草，已有成書。韻珊大令珂謹按：即黄燮清。益之搜討。亂定以來，鉛槧日出。黄氏《續詞綜》刻於漢上；丁君書刻於吳中，四十卷中，著録千餘人。《篋中詞》。

一二〇

辛楣珂謹按：即羊復禮。文采，最近齊梁；運筆倚聲，寓意高秀。《篋中詞》。

一二一

嘉慶以來五六十年，南國才人，雅詞日出，不僅常州流派，大都取材南宋，婉約清超，拍肩挹袖。王侍郎《詞綜》成，膚語未濯，而名手以隱秀相尚者，不爲所掩。吳人孫麟趾月坡，掉鞅詞壇，往往有汐社遺風，分題唱和，不欲爲箏琶俗響。嘗舉樊榭、蠡槎、枚庵、穀人、頻伽、小竹、稚圭爲《七家詞選》，五十五篇，以示揭櫫。復輯《詞綜》以後作者，撰《絶妙近詞》，去取矜慎，殆可繼踵草窗；冲澹幽微，如讀中唐七言詩。《篋中詞》。

一二二

古醞珂謹按：即楊丈葆光，著《蘇盦詞録》。老困場屋，仕宦不進，豪情古意，寓於詩文。集中《沁園春》詠帳四闋，寓言身世，倜儻權奇。《篋中詞》。

一二三

鳳洲珂謹按：即潘前輩丈鴻。逸才微尚，洞明流變，文心詩品，唾地成珠；然而江東兵法，固未肯竟學也。《篋中詞》。

一二四

桂林山水奇麗，唐畫宋詞之境。蘇君珂謹按：即蘇謙。超超，非少鶴丈珂謹按：即王錫振。所能掩，亦不負靈區矣。後起有王幼遐、況夔笙，宮商舉應，伶翟爭傳已。《篋中詞》。

一二五

《東墨詞》珂謹按：即王幼遐前輩鵬運著。千辟萬灌，幾無鑪錘之迹，一時無兩。《篋中詞》。

一二六

往者陽湖張仲遠叙録嘉慶詞人爲《同聲集》，以繼《宛鄰詞選》。深美閎約之旨未墜，而佻巧奮末者自熄，顧有以平鈍雷同相訾者。近歲中書諸君子，有《薇省同聲集》，作者四人，人各有格，而襟抱同棲於大雅。幼遐絜精，夔笙隱秀，將冶南北宋而一之，正恐前賢畏後生也。《篋中詞》。

一二七

嶺南文學，流派最正，近代詩家，張、黎大宗，餘韻相禪。填詞有陳蘭浦先生，文儒蔚起，導揚正聲。葉南雪爲春蘭，沈伯眉爲秋菊，婆娑二老，並秀一時。約梁君將合二集，益以寓賢汪玉泉，爲《粵三家詞》云。《篋中詞》。

一二八

子珮珂謹按：即沈昌字。才人失職，侘傺不平，身世多感，託諸倚聲，填詞百篇，皆商聲也。《篋中詞》。

一二九

湘社詞人齊驅掉鞅，子大珂謹按：即程丈頌萬。芳蘭竟體，《騷》《雅》紛翡。《篋中詞》。

一三〇

夢薇珂謹按：即王廷鼎。通經稽古，發爲高文。填詞未嘗專詣，而騷怨所激，頓折沈揚，頗近晚宋。六橋都尉珂謹按：即三副都統多。學於夢薇，倚聲乃冰寒於水。《篋中詞》。

一三一

集珂謹按：即《留雲借月盦詞》。中細意熨帖，情文相生，完篇雅製，美不勝録。光珊珂謹按：即劉丈炳照。自道，有軌循姜、史，製規秦、柳，源溯馮、韋語。既攄心得，亦表正宗，庶乎不愧。《篋中詞》。

同光間，吾師仲修譚先生以詞名於世；與丹徒莊中白先生棫齊名，稱譚莊。所著曰《復堂詞》，學者宗之，稱之曰復堂先生。時猶未盡知王佑遐、鄭叔問、朱古微、況夔笙四先生也。師之論詞諸說，散見文集、日記及所纂《篋中詞》、所評周止庵《詞辨》。光緒庚子，珂里居，思輯爲專書，請於師曰：集録緒論，弟子職也。侍教有年，請從事。師諾。其年冬，書成，呈師。師曰：可名之曰《復堂詞話》。師歸道山久矣，木壞山頹，吾將安仰！今付梓，校誦三復，掩卷泫然！乙丑中華民國十四年三月，弟子徐珂謹識於上海寓廬。

蒿庵論詞

一

詞至南唐，二主作於上，正中和於下，詣微造極，得未曾有。宋初諸家，靡不祖述二主，憲章正中；譬之歐、虞、褚、薛之書，皆出逸少。晏同叔去五代未遠，馨烈所扇，得之最先，故左宮右徵，和婉而明麗，爲北宋倚聲家初祖。劉攽《中山詩話》謂『元獻喜馮延巳歌詞，其所自作，亦不減延巳』。信然。

二

宋初大臣之爲詞者：寇萊公、晏元獻、宋景文、范蜀公與歐陽文忠並有聲藝林；然數公或一時興到之作，未爲專詣；獨文忠與元獻學之既至，爲之亦勤，翔雙鵠於交衢，馭二龍於天路。且文忠家廬陵，而元獻家臨川，詞家遂有西江一派。其詞與元獻同出南唐，而深致則過之。宋至文忠，文始復古，天下翕然師尊之，風尚爲之一變。即以詞言，亦疏雋開子瞻，深婉開少游。本傳云：『超然獨騖，衆莫能及。』獨其文乎哉！獨其文乎哉！

三

耆卿詞，曲處能直，密處能疏，奡處能平，狀難狀之景，達難達之情，而出之以自然，自是北宋巨手。然好爲俳體，詞多媟黷，有不僅如《提要》所云『以俗爲病』者。《避暑録話》謂：『凡有井水飲處，即能歌柳詞。』三變之爲世詬病，亦未嘗不由於此。蓋與其千夫競聲，毋寧《白雪》之寡和也。

四

興化劉氏熙載所著《藝概》，於詞多洞微之言，而論東坡尤爲深至。如云：『東坡詞頗似老杜詩，以其無意不可入，無事不可言也。若其豪放之致，則時與太白爲近。』又云：『東坡《定風波》云：「尚餘孤瘦雪霜姿。」《荷華媚》云：「天然地別是風流標格。」雪霜姿、風流標格，學東坡詞者，便可從此領取。』又云：『詞以不犯本位爲高。東坡《滿庭芳》：「老去君恩未報，空回首，彈鋏悲歌。」語誠慷慨，然不若《水調歌頭》：「我欲乘風歸去，又恐瓊樓玉宇，高處不勝寒。」尤覺空靈藴藉。』觀此可以得東坡矣。

五

後山以秦七、黄九並稱；其實黄非秦匹也。若以比柳，差爲得之。蓋其得也，則柳詞明媚，黄詞疏宕；而褻諢之作，所失亦均。

六

少游以絕塵之才，早與勝流，不可一世；而一謫南荒，遽喪靈寶，故所爲詞，寄慨身世，閑雅有情思，酒邊花下，一往而深，而怨悱不亂，悄乎得《小雅》之遺；後主而後，一人而已。昔張天如論相如之賦云：『他人之賦，賦才也；長卿，賦心也。』予於少游之詞亦云：他人之詞，詞才也；少游，詞心也。得之於內，不可以傳。雖子瞻之明儁，耆卿之幽秀，猶若有瞠乎後者，况其下邪？

七

淮海、小山，真古之傷心人也。其淡語皆有味，淺語皆有致，求之兩宋詞人，實罕其匹。子晉欲以晏氏父子追配李氏父子，誠爲知言。彼丹陽、歸愚之相承，固瑣瑣不足數爾。

八

程正伯淒婉緜麗，與草窗所録《絶妙好詞》家法相近，故是正鋒。雖與子瞻爲中表昆弟，而門徑絶不相入。若其《四代好》《閨怨無悶》《酷相思》諸闋，在《書舟集》中極俳薄，不類其他作，而升庵乃亟稱之，真物色牝牡驪黄外矣！

九

晁无咎爲蘇門四士之一，所爲詩餘，無子瞻之高華，而沉咽則過之。葉少藴主持王學，所著《石林詩話》，陰抑蘇、黄；而其詞顧挹蘇氏之餘波。豈此道與所問學，固多歧出邪？

一〇

詞爲文章末技，固不以人品分升降；然如毛滂之附蔡京，史達祖之依侂胄，王安中之反覆，曾覿之邪佞，所造雖深，識者薄之。梅溪生平，不載史傳，據其《滿江紅》詠懷所云：『憐牛後，懷鷄肋。』又云：『一錢不值貧相逼。』則韓氏省吏之説，或不誣與？

一一

《姑溪詞》長調近柳，短調近秦，而均有未至。

一二

《溪堂》温雅有致，於此事蘊釀甚深。子晉祇稱其輕倩，猶爲未盡。《樵隱》勝處不減《溪堂》，情味差薄耳。

一三

陳氏子龍曰：『以沉摯之思，而出之必淺近，使讀之者驟遇之，如在耳目之前，久誦之，而得雋永之趣，則用意難也。以儇利之詞，而製之必工鍊，使篇無累句，句無累字，圓潤明密，言如貫珠，則鑄詞難也。其爲體也纖弱，明珠翠羽，猶嫌其重，何況龍鸞？必有鮮妍之姿，而不藉粉澤，則設色難也。其爲境也婉媚，雖以驚露取妍，實貴含蓄不盡，時在低回唱歎之餘，則命篇難也。』張氏綱孫曰：『結構天成，而中有豔語、雋語、奇語、豪語、苦語、癡語、沒要緊語，如巧匠運斤，毫無痕跡。』毛氏先舒曰：『北宋，詞之盛也，其妙處不在豪快，而在高健；不在豔冶，而在幽咽。豪快可以氣取，豔冶可以言工；高健幽咽，則關乎神理骨性，難可强也。』又曰：『言欲層深，語欲渾成。』諸家所論，未嘗專屬一人，而求之兩宋，惟《片玉》《梅溪》足以備之。周之勝史，則又在渾之一字。詞至於渾，而無可復進矣。

一四

千里和清真，亦趨亦步，可謂謹嚴。然貌合神離，且有襲迹，非真清真也。其勝處則近屯田。蓋屯田勝處，本近清真，而清真勝處，要非屯田所能到。趙師岊序呂濱老《聖求詞》，謂其『婉媚深窈，視美成、耆卿伯仲』。實衹其《撲胡蝶近》之上半在周、柳之間，其下闋已不稱，此外佳構，亦不過《小重山》《南歌子》數篇，殆又出千里下矣。

一五

坦庵、介庵、惜香皆宋氏宗室，所作並亦清雅可誦。高宗於彥端《西湖詞》有『我家裏人也會作此等語』之稱。其實，介庵所造，比諸坦庵、惜香，似尚未逮。毛氏既許坦庵爲放翁一流，又謂其多富貴氣；不亦自相矛盾耶？

一六

《壽域詞》，《四庫全書》存目謂其字句譌脱，不一而足。今取其詞讀之，即常用之調，亦平仄拗折，與他人微異。則是壽域有意爲之，非盡校者之疏。

一七

蔡伸道與向伯恭嘗同官彭城漕屬，故屢有酬贈之作。毛氏謂其遜《酒邊》三舍，殊非笁論。攷其所作，不獨《菩薩蠻》『花冠鼓翼』一首，雅近南唐；即《蓦山溪》之『孤城莫角』、《點絳唇》之『水繞孤城』諸調，與《蘇武慢》之前半，亦幾幾入清真之室。恐子諲且望而卻步，豈惟伯仲間耶？至以厥祖忠惠譜荔支，而怪其集中無一語及玉堂紅者，是猶責工部之不咏海棠也。

一八

《酒邊詞》『紹興乙卯大雪，行鄱陽道中』《阮郎歸》一闋，爲二帝在北作也。

卷戀舊君，與鹿虔扆之『金銷重門』、謝克家之『依依宮柳』，同一辭旨怨亂。不知壽皇見之，亦有慨於心否？宜爲賊檜所嫉也。『終是愛君』，獨一『瓊樓玉宇』之蘇軾哉？彼以詞駘宕不可爲者，殆第見屯田、山谷諸作，而未見此耳。

一九

後山、孏窟、審齋、石屏諸家，並嫺雅有餘，緜麗不足，與盧叔陽、黄叔暘之專尚細膩者，互有短長。《提要》之論後山、石屏，皆謂其以詩爲詞；然後山筆力甚健，要非式之所可望也。

二〇

周少隱自言少喜小晏，時有似其體製者。晚年歌之，不甚如人意。今觀其所指之三篇，在《竹坡集》中，誠非極詣，若以爲有類小山，則殊未盡然。蓋少隱誤認幾道爲清倩一派，比其晚作，自覺未逮。不知北宋大家，每從空際盤旋，故無椎鑿之迹。至竹坡、無住諸君子出，漸於字句間凝鍊求工，而昔賢疏宕之致微矣。此亦南北宋之關鍵也。

二一

蘆川居士以《賀新郎》一詞送胡澹庵謫新州，致忤賊檜，坐是除名。與楊補之之屢徵不起，黄師憲之一官遠徙，同一高節。然其集中壽詞實繁，而所壽之人，則或書或不書。其《瑞鶴仙》一闋，首云：『倚格天峻閣。』疑即壽檜者。蓋檜有一德格天閣也。意居士始亦與檜周旋，至穢德彰聞，乃存詞而削其名邪？

二二

于湖在建康留守席上賦《六州歌頭》，感憤淋漓，主人爲之罷席。他若《水調歌頭》之『雪洗虜塵靜』一首，《木蘭花慢》之『擁貔貅萬騎』一首，《浣溪沙》之『霜日明霄』一首，率皆睠懷君國之作。龍川痛心北虜，亦屢見於辭，如《水調歌頭》云：『堯之都，舜之壤，禹之封，於今應有一個半個恥和戎』；《念奴嬌》云：『因笑王謝諸人，登高懷遠，也學英雄涕』；《賀新郎》云：『舉目江河休感涕，念有君如此何愁虜』；又：『涕出女吳成倒轉，問魯爲齊弱何年月』：忠憤之氣，隨筆涌出，並足喚醒當時聾聵，正不必論詞之工拙也。

二三

曾純甫賦進《御月》詞，其自記云：『是夜西興，亦聞天樂。』子晉遂謂天神，亦不以人廢言。不知宋人每好自神有說：白石道人尚欲以巢湖風駛，歸功於《平調滿江紅》，於海野何譏焉？《獨醒雜志》謂邏卒聞張建封廟中鬼，歌東坡燕子樓樂章，則又出他人之傅會，益無徵已。

二四

稼軒負高世之才，不可羈勒，能於唐宋諸大家外，別樹一幟。自茲以降，詞遂有門戶主奴之見。而才氣橫軼者，羣樂其豪縱而效之；乃至里俗浮囂之子，亦靡不推波助瀾，自託辛、劉，以屏蔽其陋；則非稼軒之咎，而不善學者之咎也。即如集中所載《水調歌頭》『長恨復長恨』一闋，《水龍吟》『昔時曾有佳人』一闋，連綴古語，渾然天成，既非東家所能效顰，而《摸魚兒》《西河》《祝英臺近》諸作，摧剛爲柔，纏緜悱惻，尤與粗獷一派，判若秦越。

二五

龍洲自是稼軒附庸；然得其豪放，未得其宛轉。子晉亟稱其《天仙子》《小桃紅》二闋，云纖秀爲稼軒所無。今視其語，《小桃紅》褻矣而未甚也；《天仙子》則皆市井俚談，不知子晉何取而稱之？殆與陶九成之稱其《沁園春》詠美人指足，同一見地邪？周必大《近體樂府》、黃機《竹齋詩餘》，亦幼安同調也。又有與幼安周旋而即效其體者，若西樵、洺水兩家，惜懷古味薄，濟翁筆亦不健，比諸龍洲，抑又次焉。

二六

劍南屏除纖豔，獨往獨來，其逋峭沉鬱之概，求之有宋諸家，無可方比；《提要》以爲詩人之言，終爲近雅，與詞人之冶蕩有殊，是也。至謂游欲驛騎東坡、淮海之間，故奄有其勝，而皆不能造其極；則或非放翁之本意歟？

二七

《提要》謂沈端節吐屬婉約，頗具風致；似尚未盡克齋之妙。周氏濟論詞之言曰：『初學詞求空，空則靈氣往來。既成格調，求實，實則精力彌滿。』克齋所造，已臻實地，而《南歌子》『遠樹昏鴉鬧』一闋，尤爲字字沉響，匪僅以婉約擅長也。

二八

平齋工於發端，其《沁園春》凡四首：一曰：『《詩》不云乎？蒹葭蒼蒼，白露爲霜。』二曰：『歸去來兮，杜宇聲聲，道不如歸。』三曰：『飲馬咸池，攬轡崑崙，橫騖九州。』四曰：『秋氣悲哉，薄寒中人，皇皇何之？』皆有振衣千仞氣象；惜其下並不稱。

二九

《金谷遺音》小調間有可采；然好爲俳語，在山谷、屯田、竹山之間，而雋不及山谷，深不及屯田，密不及竹山，蓋皆有其失而無其得也。今選於此數家，披揀尤嚴，稍涉俳諢，甯從割舍；非刻繩前人也，固欲使世之譚藝者，羣曉然於此事自有正變，上媲《騷》《雅》，異出同歸。而淫蕩浮靡之音，庶不致覥顔自附於作者，而知所返哉！

三〇

白石爲南渡一人，千秋論定，無俟揚榷。《樂府指迷》獨稱其《暗香》《疏影》

《揚州慢》《一萼紅》《琵琶仙》《探春慢》《淡黄柳》等曲，《詞品》則以詠蟋蟀《齊天樂》一闋爲最勝。其實石帚所作，超脱蹊徑，天籟人力，兩臻絕頂，筆之所至，神韻俱到；非如樂笑、二窗輩，可以奇對警句相與標目；又何事於諸調中强分軒輊也？孤雲野飛，去留無迹，彼讀姜詞者，必欲求下手處，則先自俗處能雅，滑處能澀始。

三一

夢窗之詞麗而則，幽邃而緜密，脈絡井井，而卒焉不能得其端倪。尹惟曉比之清真。沈伯時亦謂深得清真之妙，而又病其晦。張叔夏則譬諸七寶樓臺，眩人眼目。蓋《山中白雲》專主『清空』，與夢窗家數相反，故於諸作中，獨賞其《唐多令》之疏快。實則『何處合成愁』一闋，尚非君特本色。《提要》云：『天分不及周邦彦，而研鍊之功則過之。詞家之有文英，如詩家之有李商隱。』予則謂：商隱學老杜，亦如文英之學清真也。

三二

詞家各有塗逕，正不必强事牽合。毛子晉於洪叔嶼，則舉『燕子又歸來，但惹得滿身花雨』，及『花上蝶，水中凫，芳心密意兩相於』等語，而信其不減周美成。楊用修於李俊明，則以爲《蘭陵王》一首，可並秦、周。至《芸窗》全卷只五十闋，而應酬諛頌之作，幾及十九；子晉乃取其警句，分配放翁、邦卿、秦七、黄九；以一人之筆，兼此四家，恐亦勢之所不能也。

三三

陳造序高賓王詞，謂竹屋、梅溪，要是不經人道語。玉田亦以兩家與白石、夢窗並稱。由觀國與達祖疊相唱和，故援與相比。平心論之：竹屋精實有餘，超逸不足；以梅溪較之，究未能旗鼓相當。今若求其同調，則惟盧蒲江差足肩隨耳。

三四

後邨詞與放翁、稼軒，猶鼎三足。其生丁南渡，拳拳君國，似放翁；志在有爲，不欲以詞人自域，似稼軒。如《玉樓春》云：『男兒西北有神州，莫滴水西橋畔淚』；《憶秦娥》云：『宣和宮殿，冷煙衰草，傷時念亂』；可以怨矣。又其宅心忠厚，亦往往於詞得之：《滿江紅·送宋惠父入江西幕》云：『帳下健兒休盡鋭，草間赤子俱求活』；《賀新郎·壽張史君》云：『不要漢庭誇擊斷，要史家編入循良傳』；《念奴嬌·壽方德潤》云：『須信諂語尤甘，忠言最苦，橄欖何如蜜』？胸次如此，豈翦紅刻翠者比邪？升庵稱其壯語，子晉稱其雄力：殆猶之皮相也。

三五

子晉之於竹山，深爲推挹，謂其有《世説》之靡，六朝之喻，且比之二李、二晏、美成、堯章。《提要》亦云：『練字精深，調音諧暢，爲倚聲家之矩矱。』然其全集中，實多有可議者，如《沁園春》『老子平生』二闋，《念奴嬌》『壽薛稼翁』一闋，《滿江紅》『一掬鄉心』一闋，《解珮令》『春晴也好』一闋，《賀新郎》『甚矣吾狂矣』一闋，皆詞旨鄙俚；匪惟李、晏、周、姜所不屑爲，即屬稼軒，亦下乘也。又好用俳體，如《水龍吟》仿稼軒體押脚，純用『些』字；《瑞鶴仙》『玉霜生穗也』押脚純用『也』字；《聲聲慢·秋聲》一闋，押脚純用『聲』字，皆不可訓。即其善者，亦字雕句琢，荒豔炫目：如《高陽臺》云：『霞鑠簾珠，雲蒸篆玉』；又云：『燈搖縹暈茸窗冷』；《齊天樂》云：『電紫鞘輕，雲紅筤曲』；又云：『峯繒岫綺』；《念奴嬌》云：『翠簨翔龍，金樅躍鳳』；《瑞鶴仙》云：『螺心翠靨，龍吻瓊涎』；《木蘭花慢》云：『但鷺斂瓊絲，鴛藏繡羽』等句，嘉道間吳中七子類祖述之，其去質而俚者自勝矣，然不可謂正軌也。

三六

《提要》辨韓玉有二：一終於金，字温甫，爲鳳翔府判官；一爲北方之豪，由金入宋，而歷引集中在南諸題以爲證，分析頗詳。乃毛識《東海詞》，直稱韓温甫；竹垞《詞綜》，歸之金人，其所叙爵里，亦與終金者合。蓋皆誤併二人爲一，當據《提要》以正之。

三七

汲古原刻，未嘗差别時代，故蔣勝欲以南都遺老，而列書舟之前。晁補之、陳後山生際神京，顧居六集之末。蓋隨得隨雕，無從排比。今選一依其次，亦不復第厥後先，惟篇帙較原書不及十之二三，聯合成卷，異乎人自爲集矣。

三八

《四庫總目》盛推毛氏考證釐訂之功。觀所記跋，知於辨譌糾繆，所得已多；

然字句之間，頗有尚待商榷者，爰以見存選録，校刊各本，一一讎對：凡義得兩通者，一仍毛本之舊；其有顯然舛失，則從別本改正。如《淮海·菩薩蠻》詞：『欲似柳千縷』，『縷』誤『絲』，據王氏敬之刊本所引汲古改。《小山·泛清波摘遍》詞：『暗惜光陰恨多少』，『光』上衍『花』字，據萬氏樹《詞律》删。《琴趣外篇·滿江紅》詞：『便江湖與世永相忘』，『與世』誤在『江湖』上，據趙氏聞禮《樂府雅詞》乙轉。《聖求·小重山》詞：『小窗風動竹』，『小』誤『上』，據朱氏彝尊《詞綜》改。《蒲江·賀新郎》詞：『荒祠誰寄風流後』，『祠』誤『詞』，據黄氏昇《花庵詞選》、周氏密《絶妙好詞》改。若片玉、梅溪、白石、夢窗諸家，則率從近世戈氏、杜氏校訂之本，亦即用戈選宋七家例，不復指明所出，以省繁重；惟於原刻可通而他本異文足資參酌者，則旁注篇中，以質大雅。見聞僻陋，藏本尤尠，罣一漏萬，知難免爾。

三九

詞有本事，待注乃明知。稼翁所賦各闋，尤多寄託。汲古於詞前備載其子沃所案，今移爲詞下夾注，而標名於首。其他作者自記，及子晉校語，凡在詞下者，並冠以『原注』，示與今校區别。

四〇

篇中疑字，有無可勘正者，間亦標注。又或本詞之内，一韻重押，若周紫芝《天仙子》，再出『暝』字；韓玉《賀新郎》，再出『冷』字之類，偶爾失檢，不必爲作者曲諱。而兩詞聲情婉約，亦未可以一眚擯也。

四一

各集内有一詞而見兩家者：《梅溪》集載《玉胡蝶》詞：『晚雨未摧宫樹』一首，《夢窗乙稿》中，復列此章。詳其語意，似與邦卿爲近，故歸之史集。又原刻遇兩本通闋歧出者，每附注詞下；兹則惟善之從。故於《後山》送湖舍人，録原詞；而贈晁无咎舞鬟，則易用注中之一本云。

四二

楊西樵名炎正，號濟翁。《文獻通考》誤『正』作『止』，且屬下爲號。竹垞、紅友並沿其謬。汲古初刻亦舛。今定從後改之本。此外，人名集名有待參考者，如：黄叔暘名昇，諸書所同；而毛氏獨以『昇』爲『昃』。又楊无咎《逃禪詞》，『楊』字從『木』，《提要》據《圖繪寶鑑》改『楊』作『揚』。李公昂《文溪詞》，《提要》據《宋史・黄雍傳》案：昂英附見《黄師雍傳》。及《文溪集》，定爲名昂英，辨毛題李公昂之誤；然今本實作公昂，非公昂，與《提要》所見之汲古歧出。盧炳《烘堂詞》，《提要》據《書録解題》，改『烘』作『哄』，多足證明子晋之疏。今悉附著於此。而篇中則疑以傳疑，不敢遽變其舊。

四三

古無所謂詞韻也。《菉斐軒》雖稱紹興二年所刊，論者猶疑其僞託，它無論已。近戈氏載撰《詞林正韻》，列平上去爲十四部，入聲爲五部，參酌審定，盡去諸弊，視以前諸家，誠爲精密。故所選七家，即墨守其説，名章佳構，未嘗少有假借。

然考韻録詞，要爲兩事：削足就屨，寗無或過？且綺筵舞席，按譜尋聲，初不暇取《禮部韻略》逐句推敲，始付歌板。而土風各操，又詎能與後來撰著，逐字吻合邪？今所甄録，就各家本色，擷精舍麤；其用韻之偶爾出入，有未忍概從屏棄者，姑舉一二以見例。如：竹山《永遇樂》詞，以『水』『袂』叶『聚』『去』；竹屋《風入松》詞，以『陰』及『根』叶『晴』『情』；龍州《賀新郎》詞，以『頳』『淚』叶『路』『雨』之屬，皆是。匪獨《老學庵筆記》引山谷《念奴嬌》詞，『愛聽臨風笛』，謂『笛』乃蜀中方音，爲不合《中州音韻》也。是在讀者折衷今古，去短從長，固無庸執後儒論辨，追貶曩賢；亦不援宋人一節之疏，自文其脱略：斯兩得之。

四四

毛氏就其藏本，更續付梓，於兩宋名家，若半山、子野、方回、石湖、東澤、日湖、草窗、碧山、玉田諸君子，未及彙入。即所刻諸家之中，亦仍有裒輯未備者。茲既從之甄采，雖別得傳本，亦不敢據以選補。域守一隅，彌自恧已！

校點後記

周濟（一七八一—一八三九），字保緒，一字介存，晚號止庵，清江蘇荆溪（宜興）人。嘉慶十年進士。官淮安府學教授。著有《晉略》《味雋齋詞》《介存齋論詞雜著》及《詞辨》《宋四家詞選》等。

清代詞學，一向有浙派和常州派之分。清初，秀水（浙江嘉興）朱彝尊選輯《詞綜》，論詞以『清空』爲宗。一時作家，相習成風；厲鶚繼起，蔚成大國，世稱爲浙派。清中葉，常州張惠言兄弟選輯《詞選》，以『意内言外』爲主。董毅選輯《續詞選》，推衍這種理論。於是又開了常州一派。周濟和董毅在一起研討詞學很久，也是屬於這一派的重要的詞學理論家。

周氏撰《介存齋論詞雜著》及《宋四家詞選序論》，發揮『意內言外』的説法，並進一步明確提出填詞要有寄託，『非寄託不入，專寄託不出』的主張。並把這種主張具體體現在《詞辨》和《宋四家詞選》兩書中，而以周清真（邦彥）、辛稼軒（棄疾）、吳夢窗（文英）、王碧山（沂孫）爲兩宋詞人領袖；以他們的作品作爲後世學詞的榘範。這種理論提出來以後，一直到清末，無論在詞學的研究上或詞的創作上，都受到他很大的影響。

浙派和常州派論詞的主張不同，主要的區别在於：前者注重詞的藝術技巧，要清空而不要質實；要像孤雲野飛，去留無跡，而不要黏滯堆砌，晦澀不明。並注意到用字、造句和音樂性等方面。對於我們今天學習古典文學的藝術技巧來説，這種理論，還是有它一定的參考價值的。後者注重詞的思想內容，所謂『意內言外』，所謂『寄託』，就是説，要在作品裏用比興的、曲折的手法，表現作者真實的思想感情；而不要陳陳相因，無病呻吟。這和我們今天把思想內容放在第一位的標準大體上是相合的；當然，他們所指的思想內容和我們所指的思想內容有着本質上的不同。這裏還須附帶説明一下：藝術技巧和思想內容，有它不可截然分開的聯繫性。因此，這兩派雖然各有所偏重的一方面，但在闡述他們自己的理論的時候，也不能不涉及它所聯系的另一方面。這也是我們應該注意到的。

譚獻（一八三二——一九〇一），初名廷獻，字仲修，號復堂，浙江仁和人。同治六年舉人，官歙縣、全椒、合肥知縣。工駢體文，於詞學研究，致力尤深。嘗選録清人詞爲《篋中詞》六卷，續三卷，『以衍張茗柯（惠言）、周介存（濟）之學』。他的理論，散見於《詞辨》《篋中詞》的評論和《復堂日記》中。他的弟子徐珂輯録成爲《復堂詞話》。

譚氏論詞，本於常州派張、周等人的理論，加以發揮，極力推崇詞體，認爲詞是由《風》、《騷》、樂府演變而來的，不應視爲『小道』。詞是由民間的曲子演變而成的，因而不被過去的『正統』文人所看重。譚氏則以文學發展的眼光，給予詞以應有的地位，這是應該肯定的；當然，他還不可能認識到：人民是文學財富的創造者，人民生活是文學的真正的源頭。

馮煦（一八四二—一九二七），字夢華，號蒿庵，晚號蒿隱，江蘇金壇人。光緒十二年進士，官至安徽巡撫。著有《蒿庵類稿》。

馮氏從毛子晉（晉）所刻《宋名家詞》中，選其精粹作品，爲《宋六十一家詞選》，並在《例言》中，一一加以評論。他的理論，大體上和周濟、譚獻的説法接近。這部《蒿庵論詞》，就是迻録《例言》各條而成的。

顧學頡

一九五九年四月

附録一　詞選·敘

敘曰：詞者，蓋出於唐之詩人，采《樂府》之音以製新律，因繫其詞，故曰『詞』。《傳》曰：『意內而言外謂之詞。』其緣情造端，興於微言，以相感動，極命風謠，里巷男女哀樂，以道賢人君子幽約怨悱不能自言之情，低徊要眇以喻其致。蓋《詩》之比、興、變風之義，騷人之歌則近之矣。然以其文小，其聲哀，放者爲之，或跌蕩靡麗，雜以昌狂俳優，然要其至者，莫不惻隱盱愉，感物而發，觸類條鬯，各有所歸，非苟爲雕琢曼辭而已。

自唐之詞人，李白爲首，其後韋應物、王建、韓翃、白居易、劉禹錫、皇甫松、司空圖、韓偓，並有述造。而溫庭筠最高，其言深美閎約。五代之際，孟氏、李氏，君臣爲謔，競作新調，詞之雜流，由此起矣。至其工者，往往絶倫，亦如齊、梁五言，依託魏、晉，近古然也。

宋之詞家，號爲極盛。然張先、蘇軾、秦觀、周邦彦、辛棄疾、姜夔、王沂孫、張炎，淵淵乎文有其質焉。其蕩而不反，傲而不理，枝而不物，柳永、黄庭堅、劉過、吴文英之倫，亦各引一端，以取重於當世。而前數子者，又不免有一時放浪通脱之言出於其間。後進彌以馳逐，不務原其指意，破析乖刺，壞亂而不可紀。故自宋之亡而正聲絶，元之末而規矩隳。以至於今四百餘年，作者十數，諒其所是，互有繁變，皆可謂安蔽乖方，迷不知門戶者也。

今第録此篇，都爲二卷。義有幽隱，並爲指發。幾以塞其下流，導其淵源，無使風雅之士懲於鄙俗之音，不敢與詩賦之流同類而風誦之也。

嘉慶二年八月，武進張惠言。

附録二　論常州詞派

一　引　論

言清代詞學者，必以浙、常二派爲大宗。常州派繼浙派而興，倡導於武進張皋文（惠言）、翰風（琦）兄弟，發揚於荆溪周止庵（濟，字保緒）氏，而極其致於清季臨桂王半塘（鵬運，字幼霞）、歸安朱彊邨（孝臧，原名祖謀，字古微）諸先生，流風餘沫，今尚未全衰歇。其間作者，未必籍隸常州，而常籍詞家，又未必同爲一派。亦猶宋代江西詩派，以黄山谷（庭堅）爲祖，而宗派圖中，占籍他省者不一其人，蓋以宗法師承言，不以地域限也。江陰繆藝風（荃孫）先生《常州詞録・序》云：『國朝詞家，推吾州爲極盛。』其作者之多，固矣。然在張氏兄弟之前，無常州詞派之目。迨張氏《詞選》刊行之後，戶誦家絃，由常而歙，由江南而北被燕都，更由京朝士大夫之聞風景從，南傳嶺表，波靡兩浙，前後百數十年間，海内倚聲家莫不沾溉餘馥，以飛聲於當世，其不爲常州所籠罩者蓋鮮矣！其淵源流變，得失利病之由，又烏可以忽諸？用是不揣譾陋，略述所聞，以就正於當代博雅君子焉。

二　常州詞派之由來

欲知常州詞派之由來，必先明張氏《詞選》未刊行以前之詞壇狀況。先是康熙間，秀水朱竹垞（彝尊）氏，輯爲《詞綜》一書，自唐、五代以迄元季之詞，網羅幾備。其甄録標準，一以醇雅爲歸。汪森爲《詞綜・序》云：

西蜀、南唐而後，作者日盛。宣和君臣，轉相矜尚。曲調愈多，流派因之亦別。短長互見，言情者或失之俚，使事者或失之伉。鄱陽姜夔出，句琢字鍊，歸於醇雅。於是史達祖、高觀國羽翼之，張輯、吴文英師之於前，趙以夫、蔣捷、周密、陳允平、王沂孫、張炎、張翥效之於後，譬之於樂，舞《箾》至於九變，而詞之能事畢矣。

特舉姜夔，以爲詞家準則，此浙西詞派之建立，所由偏重於南宋詞人也。竹垞每稱『詞至南宋始極其工，至宋季而始極其變』（《詞綜·發凡》），又謂『詞莫善於姜夔。宗之者張輯、盧祖皋、史達祖、吴文英、蔣捷、王沂孫、張炎、周密、陳允平、張翥、楊基，皆具夔之一體』（《黑蝶齋詞·序》）。推其所以特崇姜氏之故，以爲『填詞最雅，無過石帚』（《詞綜·發凡》）。以醇雅救明末清初專力《花間》《草堂》流於纖靡或叫囂之失，亦自持之有故，言之成理（參閱《詞學季刊》第一卷第二號拙著《選詞標準論》）。以是『浙西填詞者，家白石而戸玉田，春容大雅，風氣之變，實由於此』（《靜志居詩話》）。浙派既風靡海内，弊亦旋生。仁和譚復堂（獻）先生云：『浙派爲人詬病，由其以姜、張爲止境，而又不能如白石之澀，玉田之潤。』（《篋中詞》）萍鄉文道希（廷式）先生亦謂：『自朱竹垞以玉田爲宗，所選《詞綜》，意旨枯寂，後人繼之，尤爲冗漫。』（《雲起軒詞·自序》）浙派末流之病如此，物窮則變，變則通，此常州詞派所以乘時而起也。

張皋文以《易》學大師，於浙派衰敝之時，以《風》《騷》旨格相號召。其弟翰風爲重刻《詞選·序》云：『嘉慶二年，余與先兄皋文先生，同館歙金氏。金氏諸生好填詞。先兄以爲詞雖小道，失其傳且數百年，自宋之亡而正聲絶，元之末而規矩隳，窔宧不闢，門戶卒迷。乃與予校録唐、宋詞四十四家，凡一百十六首爲二卷以示金生，金生刊之。而歙人鄭君善長復録同人詞九家爲一卷，附刊於後，版存於歙。同志之乞是刻者踵相接，無以應之，乃校而重刊焉。』序作於道光二年（一八二二），而翰風稱『乞是刻者踵相接』，則此選本之在嘉慶、道光間，即已流行普徧，而詞派之形成，實基於此無疑矣。翰風又於道光十年爲《續詞選·序》云：『《詞選》之刻，多有病其太嚴者，擬續選而未果。今夏外孫董毅子遠來署，攜有録本，適愜我心，爰序而刊之，亦先兄之志也。』據此，知續選雖出董氏，仍因張氏兄弟之宗旨，從而推拓之，固波瀾莫二也。與張氏同時，而其詞爲張氏所推許者，有陽湖黄景仁、錢季重、陸繼輅、左輔、李兆洛、惲敬及武進丁履恒等七人，皆籍隸常州者。而《詞選·附録》所載，除上列七人及張氏兄弟外，又附歙人金應城（字子彦）、金式玉（字朗甫）、鄭掄元（字善長）三家，斯並羽翼張氏，爲播宗風者也。已而張氏復傳其學於同邑董士錫（字晉卿，有《齊物論齋詞》一卷）。吴德旋撰士錫傳云：『君年十六，從舅氏張皋文遊。皋文以文學伏一世。君承其指授爲古文、賦、詩、詞，皆精妙。』（引見《常州詞録》卷十九）士錫復以傳其子毅（字子遠，有《蜕學齋詞》二卷）。毅有《續詞選》一刻。其族姪董貽清稱其『淵源張氏，不愧外家宗風，大江南北，久已風行。至其生平著作，亦沈博絶麗，尤工倚聲』（《常州詞録》卷二十引《蛻學齋詞·跋》)。張氏詞學之傳,得董氏父子,轉益發揚光大。周止庵氏受詞法於晉卿,而持論益精,乃復恢張疆宇,而常州詞派遂愈爲世所宗尚。止庵自述其詞學淵源云:

余年十六學爲詞,甲子始識武進董晉卿。晉卿年少於余,而其詞纏綿往復,窮高極深,異乎平時所仿效,心向慕不能已。晉卿爲詞,師其舅氏張皋文、翰風兄弟。二張輯《詞選》而序之,以爲詞者意内而言外,變《風》《騷》人之遺。其敘文旨深詞約,淵乎登古作者之堂而進退之矣。晉卿雖師二張,所作實出其上。予遂受法晉卿,已而造詣日以異,論說亦互相短長。晉卿初好玉田,余曰:『玉田意盡於言,不足好。』余不喜清真,而晉卿推其沈著拗怒,比之少陵。牴牾者一年,晉卿益厭玉田,而余遂篤好清真。既予以少游多庸格,爲淺鈍者所易託。白石疏放,醖釀不深,而晉卿深詆竹山粗鄙。牴牾又一年,予始薄竹山，然終不能好少游也。其後晉卿遠在中州，余客授吴淞，弟子田生端學爲詞，因欲次第古人之作，辨其是非，與二張、董氏各存崖略，庶幾他日有所觀省。（《詞辨·序》）

其推重晉卿甚至，雖持論頗有出入，而其淵源所自，則固與二張一脈相承者也。譚復堂云：

翰豐與哲兄同撰《宛鄰詞選》，雖町畦未盡，而奥窔始開。其所自爲，大雅遒逸，振北宋名家之緒。其子仲遠序《同聲集》有云：『嘉慶以來，名家均從此出。』信非虚語。周止齋益窮正、變，潘四農又持異論。要之倚聲之學，至二張而始尊耳。（《篋中詞》三）

又云：

茗柯《詞選》出，倚聲之學，日趨正鵠。張氏甥董晉卿，造微踵美，予未得其全集。止庵切磋於晉卿，而持論益精。（中略）以予所見，周氏撰定《詞辨》《宋四家詞筏》（即《宋四家詞選》），推明張氏之旨而廣大之，此道遂與於著作之林，與詩賦文筆同其正變也。止庵自爲詞，精密純正，與茗柯把臂入林。（《篋中詞》三）

並足證常州詞派之建立，二張引其端，而止庵拓其境，師承統系，亦至分明。至止庵《味雋齋詞·自序》云：

詞之爲技小矣。然考之於昔，南北分宗，徵之於今，江浙別派，是亦有故焉。吾郡自皋文、子居兩先生開闢榛莽，以《國風》《離騷》之恉趣，鑄溫、韋、周、辛之面目，一時作者競出，晉卿集其成。余與晉卿議論，或合或否，要其旨歸，各有正鵠。

是直以宗派自命，展開旗幟，以與浙派抗衡矣。茲爲簡表，以明常州詞派之系統如下：

- 張惠言
- 張琦
  - 董士錫
    - 周濟
    - 董毅
    - 李兆洛
    - 左輔
    - 陸繼輅
    - 錢季重
    - 黃景仁
    - 丁履恆
    - 惲敬
      - 金應城
      - 金式玉
      - 鄭掄元

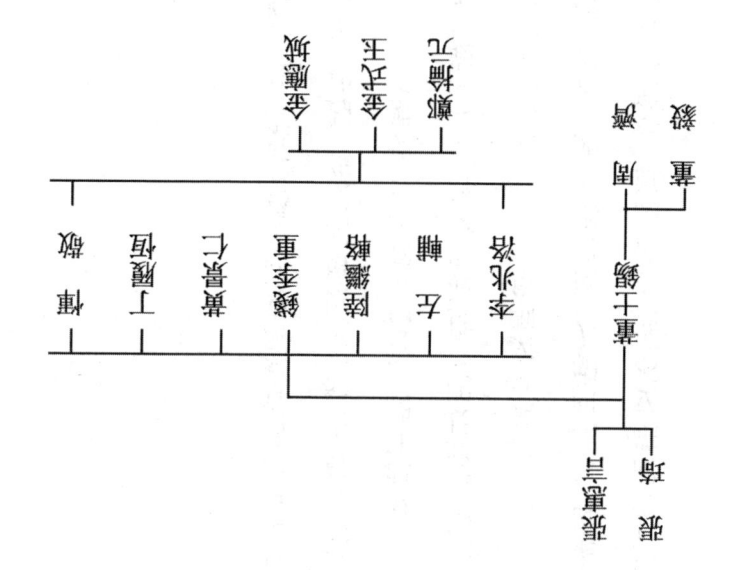

常州詞派，至周止庵氏而確立不搖，衣被詞流，迄於今日而未有已。故彊邨先生雜題清代諸名家詞集後云：『回瀾力，標舉選家能。自是詞源疏鑿手，横流一别見淄澠。異議四農生。』（《題張皋文詞集》）又云：『金鍼度，《詞辨》止庵精。截斷衆流窮正、變，一燈樂苑此長明。推演四家評。』（《題周保緒詞集》，並見《彊邨語業》卷三）以皋文力挽狂瀾，譽爲《詞源》疏鑿手，即以表明張氏實爲常州詞派開山。而普度金鍼，力窮正、變，至以燈明樂苑，歸功止庵，則又暗示周氏不特爲常州詞派之正宗，直是海内倚聲家所當同奉爲圭臬。其影響近代詞壇之大，昭然可知矣。

三　常州詞派之宗旨

一種學術宗派之建立，必有其所標之特殊宗旨，力足以振廢起衰，乃能使學者景從，蔚成風會。皋文兄弟，並爲一時經術大師，其友好如惲子居、李申耆，又皆文壇健者，出其餘力，以從事於倚聲，其手眼已自不同。且自詞與樂離，早經不復爲里巷兒女謔浪戲弄之資，而所有纖靡淫媟之言，遂爲士大夫所厭棄。明季《花間》《草堂》之餘習，既爲浙派一掃而空。然浙派承之，徒務『句琢字鍊，歸於醇雅』，其中空無所有，遂不免入於『詞旨枯寂』，其弊正與明季作者相等。張氏兄弟乃起而力矯之，將以蘇正聲而復規矩，乃標『尊體』之說，以上附於《風》《騷》。故皋文《詞選·序》云：

詞者，蓋出於唐之詩人，採樂府之音以製新律，因繫其詞，故曰詞。傳曰：『意內而言外謂之詞。』其緣情造端，興於微言，以相感動。極命風謠，里巷男女哀樂以道。賢人君子幽約怨悱不能自言之情，低徊要眇以喻其致。蓋詩之比興，變風之義，騷人之歌，則近之矣。然以其文小、其聲哀，放者爲之，或跌蕩靡麗，雜以昌狂俳優。然要其至者，莫不惻隱盱愉，感物而發，觸類條鬯，各有所歸，非苟爲雕琢曼辭而已。

以詩人比興之義，變《風》楚《騷》之旨，轉而論詞，亦即止庵所稱：『以《國風》《離騷》之指趣，鑄溫、韋、周、辛之面目。』蓋欲提高詞格，以振頽風，亦捨此其道末由也。其於唐代詞家，特尊溫庭筠氏，謂『其言深美閎約』。然其說溫氏《菩薩蠻》十四章，以爲感士不遇之作，又稱『照花四句，《離騷》初服之意』，未免失之穿鑿附會，此又經師之通蔽，不必厚非者也。至其甄采宋詞，獨好張先、蘇軾、秦觀、周邦彦、辛棄疾、姜夔、王沂孫、張炎等八家，以爲『淵淵乎文有其質焉』。又取諸家之詞，加以詮釋，以爲『義有幽隱，並爲指發，幾以塞其下流，導其淵源，無使風雅之士懲於鄙俗之音，不敢與詩賦之流同類而風誦之也』。張氏此選，本爲課金氏二生而作。金應珪爲後序，歷數當代詞家之失云：

近世爲詞，厥有三蔽：義非宋玉而獨賦蓬髮，諫謝淳于而唯陳履舄，揣摩牀笫，污穢中冓，是謂淫詞，其蔽一也。猛起奮末，分言析字，詼嘲則俳優之末流，叫嘯則市儈之盛氣，此猶巴人振喉以和《陽春》，黽蜮怒嗌以調疏越，是謂鄙詞，其蔽二也。規模物類，依托歌舞，哀樂不衷其性，慮歎無與乎情，連章累篇，義不出乎花鳥，感物指事，理不外乎酬應，雖既雅而不豔，斯有句而無章，是謂游詞，其蔽三也。

惟茲三蔽，足使詞格日卑。『今欲塞其歧途，必且嚴其科律』（金序）。裁僞體以親風雅，舉所有淫詞、鄙詞、游詞，擯諸詞林之外，此張氏所以獨樹一幟，竟能力挽狂瀾，而爲衆流所共宗仰也。

二張開風氣之先，崇比興，爭意格，而不甚措意於聲律技巧。且其門庭稍隘，去取過嚴。所録唐詞，李太白（白）、溫飛卿（庭筠）、無名氏等三家；五代詞，南唐中主（李璟）、後主（李煜）、韋端己（莊）、牛松卿（嶠）、牛希濟、歐陽炯、鹿虔扆、馮正中（延巳）等八家；宋詞，宋徽宗（趙佶）、晏同叔（殊）、范希文（仲淹）、晏叔原（幾道）、韓玉汝（縝）、歐陽永叔（修）、張子野（先）、蘇子瞻（軾）、秦少游（觀）、賀方回（鑄）、趙德麟（令畤）、張芸叟（舜民）、王元澤（雱）、周美成（邦彦）、田不伐（爲）、陳子高（克）、李玉、謝任伯（克家）、朱希真（敦儒）、辛幼安（棄疾）、張安國（孝祥）、韓無咎（元吉）、李知幾（石）、姜堯章（夔）、尹惟曉（煥）、史邦卿（達祖）、王聖與（沂孫）、張叔夏（炎）、黄德文（孝邁）、吳彦高（激）、李易安（清照）、鄭文妻孫氏、無名氏等三十三家：凡四十四家，一百十六首。董氏續選，益以唐詞，李太白、張子同（志和）、溫飛卿、皇甫子奇（松）；五代詞，後唐莊宗、韋端己、薛昭藴、毛熙震、李珣、馮正中；宋詞，晏同叔、范希文、歐陽永叔、王介甫（安石）、柳耆卿（永）、蘇子瞻、秦少游、賀方回、章質夫（楶）、舒信道（亶）、趙德麟、劉巨濟（涇）、周美成、徐幹臣（伸）、陳子高、魯逸仲、葉少藴（夢得）、陳去非（與義）、趙長卿、辛幼安、張安國、程正伯（垓）、劉潛夫（克莊）、俞國寶、姜堯章、劉改之（過）、楊炎、謝勉仲（懋）、陸子逸（淞）、高賓王（觀國）、史邦卿、方巨山（岳）、吴君特（文英）、蔣勝欲（捷）、周公謹（密）、王聖與、張叔夏、吴彦高、德祐太學生、李易安、朱淑真、徐君寶妻等；凡五十二家，一百二十二首。董選既爲翰風所鑒定，以爲『亦先兄之志』，則謂兩本並爲二張家法，殆無不可。合觀兩本所録，一時號稱大家者，惟溫飛卿二十三首，秦少游十六首爲最多。次則周美成十一首，姜堯章十首，馮正中、辛幼安、王聖與各八首，南唐後主、韋端己、蘇子瞻各七首，朱希真、李易安各五首，南唐中主四首，晏同叔、歐陽永叔、張子野各三首。張叔夏則張選僅一首，而董選驟增二十三首。柳耆卿、吳夢窗，爲張選所擯，而董選各採二首。以此亦足窺見二張家法，未嘗不參酌於婉約、豪放二派之間，以『醇雅』爲歸，而特措意於『文有其質』。與後來周止庵氏之專崇技巧，退姜、張而進辛、吳，微異其趣。文道希先生稱：『張皋文具子瞻之心，而才思未逮，然皆斐然有作者之意，非志不離於方罫者。』（《雲起軒詞·自序》）然於止庵乃不贊一辭，則專崇技巧，雖足以廣闢戶庭，而接跡《風》《騷》，固惟意格是尚也。潘四農（德輿）於張選首發難端，其《與葉生書》略云：

張氏《詞選》，抗志希古，標高揭己，宏音雅調，多被排擯。五代、北宋，有自昔傳誦，非徒隻句之警者，張氏亦多恝然置之。竊謂詞濫觴於唐，暢於五代，而意格之閎深曲摯，則莫盛於北宋。詞之有北宋，猶詩之有盛唐，至南宋則稍衰矣。（引見《篋中詞》三）

其致譏於張氏，惟在『宏音雅調，多被排擯』，而對於彼之『抗志希古』，固不敢有異辭也。

張氏傳其甥董晉卿，而晉卿論詞之作無傳。僅於止庵《詞辨·序》內，知晉卿喜少游、玉田，且極推清真之『沈著拗怒』。又稱『少游正以平易近人，故用力者終不能到』（《介存齋論詞雜著》引晉卿說）。二張不談技巧，而晉卿措意於清真之『沈著拗怒』，漸就運筆遣聲以求詞，實開止庵《四家詞選》之先路。張選有振衰起廢，摧陷廓清之功，而暗度金鍼，藉傳心法，或由口授，或竟鬱而莫宣。止庵一脈相承，宏開宗派。綜其異同之故，可得而言。

皋文以『惻隱盱愉，感物而發，觸類條鬯，各有所歸』，爲詞家之極則。止庵則謂『夫人感物而動，興之所託，本必咸本莊雅。要在諷誦紬繹，歸諸中正，辭不害志，人不廢言。雖乖繆庸劣，纖微委瑣，苟可馳喻比類，翼聲究實，吾皆樂取，無苛責焉』（《詞辨·序》）。皋文以詞能『道賢人君子幽約怨悱不能自言之情，低徊要眇以喻其致』。止庵則謂『後世之樂，去詩遠矣，詞最近之。是故入人爲深，感人爲遠。往往流連反覆，有平矜釋躁，懲忿窒慾，敦薄寬鄙之功』（《詞辨·序》）。雖二家之説微有不同，而並尊詞體一也。皋文崇比興，止庵則言寄託。止庵之論寄託云：

夫詞，非寄託不入，專寄託不出。一物一事，引而伸之，觸類多通，驅心若游絲之罥飛英，含毫如郢斤之斲蠅翼。以無厚入有間，既習已，意感偶生，假類畢達，閲載千百，謦欬弗違，斯入矣。賦情獨深，逐境必寤，醞釀日久，冥發妄中；雖鋪敘平淡、摹繢淺近，而萬感横集，五中無主；讀其篇者，臨淵窺魚，意爲魴鯉，中宵驚電，罔識東西，赤子隨母笑啼，鄉人緣劇喜怒，抑可謂能出矣。

（《宋四家詞選·序論》）

又云：

初學詞，求有寄託，有寄託則表裏相宜，斐然成章。既成格調，求無寄託，無寄託則指事類情，仁者見仁，知者見知。（《介存齋論詞雜著》）

夫所謂寄託，初不出乎『意内言外』之旨，皋文比興之義，已足盡之。然止庵復創爲能入能出之説，殆因鑒於初學或不免流入金氏所稱淫詞、鄙詞、游詞之三蔽，故不得不先端其趨向，而示來者以從入之塗。惟膠於寄託之説，亦多流弊。故止庵復爲之説云：

感慨所寄，不過盛衰：或綢繆未雨，或太息厝薪，或已溺已饑，或獨清獨醒，隨其人之性情、學問、境地，莫不有由衷心之言。見事多，識理透，可爲後人論世之資。詩有史，詞亦有史，庶乎自樹一幟矣。若乃離别懷思，感士不遇，陳陳相因，唾瀋互拾，便思高揖溫、韋，不亦恥乎！（《介存齋論詞雜著》）

此皆暗示詞樂既亡之後，所貴乎性情襟抱之卓越，與夫識見經歷之豐富，乃足昌大其詞。若徒迷戀古人，雖曰言寄託，亦難自樹。此止庵微旨，可於言外得之者也。臯文於特崇溫氏外，復標舉宋代張、蘇、秦、周、辛、姜、王、張八家。止庵乃爲分析正、變，以溫庭筠、韋莊、歐陽炯、馮延巳、晏殊、歐陽修、晏幾道、柳永、秦觀、周邦彥、陳克、史達祖、吳文英、周密、王沂孫、張炎、唐珏、李清照等十八家爲正，李後主、蜀主孟昶、鹿虔扆、范仲淹、蘇軾、王安國、辛棄疾、姜夔、陸游、劉過、蔣捷等十一家爲變（詳見《詞辨》）。共得詞九十三首，而以溫庭筠、辛棄疾各十首，李後主、周邦彥各八首爲最多；次則王沂孫六首，馮延巳、吳文英各五首，韋莊、陳克各四首，姜夔三首，歐陽修、蘇軾各二首。與張、董二選最顯著之差別，即在擡舉辛、吳，擯抑姜、張。正、變之分，復堂已持異議（譚評《詞辨·跋》）。要其『折衷柔厚』（譚說），導來學以津梁，固與張選並爲不朽之作也。據止庵自序，此選成於嘉慶十七年（一八一二），距張氏《詞選》行世之日，僅後十五年。兩本相校，規模可覩。是時止庵雖頗參己見，猶未能開逕獨行也。至道光十二年（一八三二），止庵標舉四家，領袖一代，以成《宋四家詞選》，始漸脱離二張疇範，自樹風聲。其序云：

清真，集大成者也。稼軒斂雄心，抗高調，變溫婉，成悲涼。碧山饜心切理，言近指遠，聲容調度，一一可循。夢窗奇思壯采，騰天潛淵，返南宋之清泚，爲北宋之穠摯。是爲四家，領袖一代；餘子犖犖，以方附庸。

又稱：

問途碧山，歷夢窗、稼軒以還清真之渾化。余所望於世之爲詞人者，蓋如此。

既襲前人宗派之説，以自建一系統，復示學者以修習次第，規矩步驟，昭晰可尋，樂苑一燈，爭爲世重，非偶然也。獨其抑蘇而揚辛，退姜、張而進王、吴，又將北宋諸公，轉隸四家之下，未免本末倒置，軒輊任情。兹就所選諸家，列表如次：

周邦彦

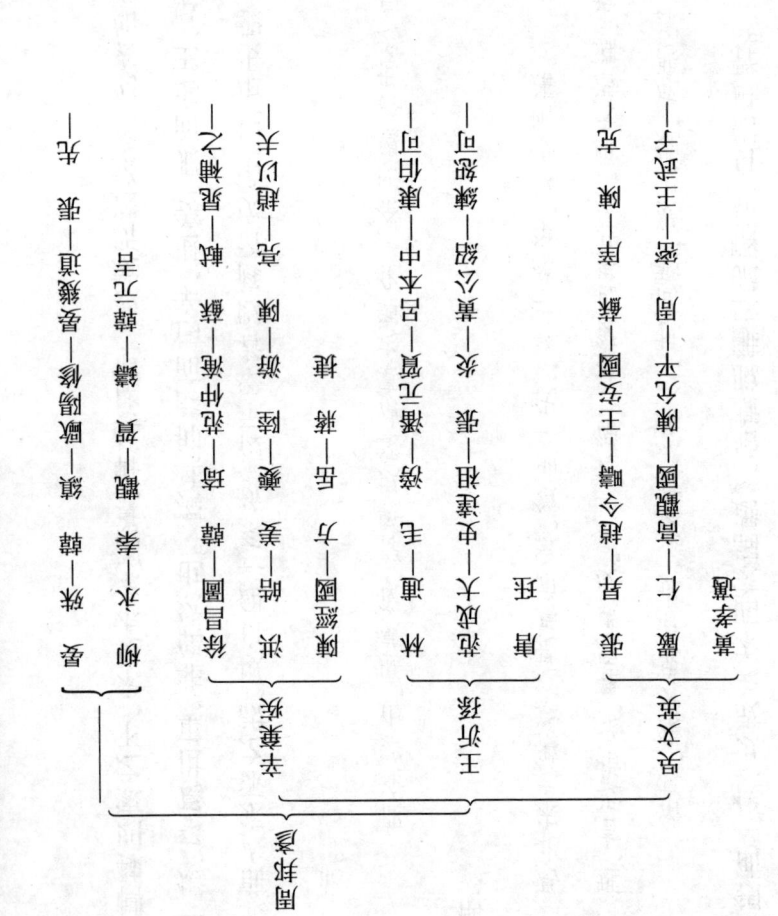

- 晏　殊—韓　縝—歐陽修—晏幾道—張　先—
- 柳　永—秦　觀—賀　鑄—韓元吉
- 辛棄疾
  - 徐昌圖—韓　琦—范仲淹—蘇　軾—晁補之—
  - 洪　皓—姜　夔—陸　游—陳　亮—趙以夫—
  - 陳經國—方　岳—蔣　捷
- 王沂孫
  - 林　逋—毛　滂—潘元質—呂本中—康伯可—
  - 范成大—史達祖—張　炎—黄公紹—練恕可—
  - 唐　珏
- 吳文英
  - 張　昪—趙令疇—王安國—蘇　庠—陳　克—
  - 嚴　仁—高觀國—陳允平—周　密—王武子—
  - 黄孝邁

爲示學者以研究塗徑計，分宋詞爲四系，而以清真爲衆流之歸宿，自是别具匠心。然常州詞派至此，已日趨於技術之講求，持論益精，而拘束漸甚，影響詞壇，亦復互有得失。所謂技術之講求，不外運筆、選聲二端。止庵於詞筆之運用，一則曰：

筆以行意也，不行須換筆；換筆不行，便須換意。玉田惟換筆不換意。

再則曰：

詞筆不外順逆反正，尤妙在複、在脱。複處無垂不縮，故脱處如望海上，三山妙發。溫、韋、晏、周、歐、柳，推演盡致，南渡諸公，罕復從事矣。（《宋四家詞選・序論》）

因講求運筆，而有所謂『鉤勒』，遂不能不『細研詞中曲折深淺之故』。故其言又曰：『學詞先以用心爲主，遇一事，見一物，即能沉思獨往，冥然終日，出手自然不平。次則講片段，次則講離合。成片段而無離合，一覽索然矣。次則講色澤音節。』

（《介存齋論詞雜著》）詞中之離合，皆關運筆之巧妙，固從事倚聲者所宜深切研尋者也。其論選聲，無紅友（萬樹）、順卿（戈載）之拘泥，而深識音理，要言不煩，尤足爲學者之準則，兹爲摘録如次：

『東』『真』韻寬平，『支』『先』韻細膩，『魚』『歌』韻纏綿，『蕭』『尤』韻感慨，各具聲響，莫草草亂用。

陽聲字多則沉頓，陰聲字多則激昂，重陽間一陰則柔而不靡，重陰間一陽則高而不危。

韻上一字最要相發，或竟相貼，相其上下而調之，則鏗鏘諧暢矣。

上聲韻，韻上應用仄字者，『去』爲妙。『去』『入』韻，則上爲妙。平聲韻，韻上應用仄字者，『去』爲妙，『入』次之。疊則聱牙，鄰則無力。

硬字輭字宜相間，如《水龍吟》等俳句尤甚。（以上並詳《四家詞選·

序論》）

凡此推論選聲之法，並從經驗中來。二張以餘力爲詞，未遑措意於此。故《茗柯集》中如《水調歌頭》諸闋，雖『胸襟學問，醞釀噴薄而出，賦手文心，開倚聲家未有之境』（《篋中詞》評語），而於音節間有未諧。且如『便了卻韶華』『又斷送流年』等句，句法不合，終爲疵纇，此常州詞派所以有待於周氏之補苴也。止庵於運筆、選聲之外，又極注意於字句之安排，與關節之轉換。其說云：

領句單字，一調數用，宜令變化渾成，勿相犯。

積字成句，積句成段，最是見筋節處。如《金縷曲》中第四韻，煞上則妙，領下則減色矣。

吞吐之妙，全在換頭煞尾。古人名換頭爲過變，或藕斷絲連，或異軍突起，皆須令讀者耳目振動，方成佳製。換頭多偷聲，須和婉，和婉則句長節短，可容攢簇。煞尾多減字，須陗勁，陗勁則字過音留，可供搖曳。

聲家於此，果能悉心體驗，證以兩宋名家之作，庶可畢窺奧藴，自闢町畦。止庵之有功詞林，蓋不僅在恢宏二張之遺業，而其廣開途術，示學者以善巧方便，誠不愧爲廣大教主矣。

四　常州詞派之拓展

江陰繆氏（荃孫）手輯《國朝常州詞録》，采宜興、荊溪、無錫、金匱、武進、陽湖、江陰、靖江諸邑作者，自清初以迄清季，得人四百九十八家，詞三千一百一十闋。常州詞風之盛，於此可見一斑。雖詞派之名，出於張、周二家選本行世之後，而前乎二張之作者，如顧梁汾（貞觀）之《彈指詞》，陳其年（維崧）之

《湖海樓詞》，皆能幹之以風力，無纖淫枯槁之病。加以萬氏《詞律》，有糾正舊譜之功。宜、錫詞風已駸駸與浙西旗鼓相當，爲詞林所重視。二張崛興嘉慶、道光之際，以陽湖、武進爲重振詞學之中心。董氏父子傳衣鉢於前，荊溪周氏廣波瀾於後。於是常州詞派，遂取浙派之席而代之。其占籍常州，而與二張並世，或後出之作者，則有武進黄仲則（景仁）之《竹眠詞》，無錫楊蓉裳（芳燦）之《移箏詞》《拗蓮詞》，金匱楊方叔（掄）之《春草軒詞》，楊荔裳（揆）之《瓔珞香龕詞》，武進趙億孫（懷玉）之《秋籟吟》，惲子居（敬）之《蒹塘詞》，陽湖洪稚存（亮吉）之《更生齋詩餘》，左仲甫（輔）之《念宛齋詞》，荊溪周木君（青）之《柳下詞》，陽湖錢季重之《黄山詞》，陸祁孫（繼輅）之《清鄰詞》，武進李申耆（兆洛）之《蜩翼詞》，金匱孫萊甫（爾準）之《泰雲堂詞》，陽湖劉芙初（嗣綰）之《箏船詞》，無錫顧蒹塘（翰）之《拜石山房詞》，武進劉申受（逢祿）之《禮部集·附詞》，陽湖董子詵（基誠）之《玉椒詞》，董方立（祐誠）之《蘭石詞》，方彦聞（履籛）之《萬善花室詞》，武進丁若士（履恒）之《宛芳樓詞》，董晉卿（士錫）之《齊物論齋詞》，金匱楊伯夔（夔生）之《真松閣詞》，武進費子敷（開榮）之《鼓銅館詞》，湯雨生（貽汾）之《琴隱園詞》，陽湖董子遠（毅）之《蛻學齋詞》，武進管孝佚（繩萊）之《鳳孫樓填詞》，湯德卿（建中）之《筠綠山房詞》，陽湖談鴻儒（澐）之《雲西詞》，湯果卿（成烈）之《清淮詞》，陸蓉鏡（容）之《巢睫詞》，無錫顧蘭厓（翃）之《金粟庵詞》，陽湖陸康侯（鼎晉）之《茶巢小隱詞》，武進程香谷（兆和）之《春谷詞》，陽湖莊眉叔（縉度）之《黄雁山人詞》，史夑甫（致澤）之《荊餘草堂詞》，趙于岡（起）之《約園詞稿》，湯梅生（成彦）之《聽雲僊館詞》，武進汪逸雲（士進）之《鬘雲軒詞》，宜興徐慕雲（宗襄）之《柏蔭軒詞》，陽湖呂庭芝（耀斗）之《鶴緣詞》，徐子楞（廷華）之《一規八棱硯齋詞》，湯冠卿（光啓）之《桐影軒詞》，武進陸子良（循應）之《鷗汀詞》，陽湖周韜甫（騰虎）之《蕉心詞》，許太眉（棫）之《三橿老屋詞》，方元徵（駿謨）之《耐餘書屋詩餘》，宜興朱少白（珩）之《橘亭詞》，陽湖承耀珊（越）之《聽雲山莊詞》，吳晉壬（唐林）之《横山草堂詞》，武進沈子佩（昌宇）之《泥雪詞》，江陰蔣鹿潭（春霖）之《水雲樓詞》，武進謝子階（應芝）之《會稽山齋詞》，陽湖蔣侑石（曰豫）之《秋雅》，無錫俞芝田（敦培）之《藝雲詞》，丁雲盦（翼）之《浣花山莊詞》，沈秋白（鋆）之《留漚吟館詞》，江陰陸靜夫（志淵）之《蘭紉詞》《瓠落詞》，陽湖方子可（楷）之《句婁詞》等，雖造詣各有淺深，好尚互有出入，而或師承有自，或家學相傳，共振雅音，以趨正則，殆皆聞張、周二氏之風而起者。此常州詞派之流播本州，約略可言者也。

蔣鹿潭挺生咸豐多難之秋，『爲倚聲家杜老』（《篋中詞》）。雖自闢畦町，不爲張、周所囿，且詞人之詞，與宛鄰、止庵一派學人之詞殊科。然鹿潭嘗謂：『詞祖樂府，與詩同源。假薄破瑣，失風雅之旨。情至韻會，溯寫風流，極溫深怨慕之意，亦未知其同與異。』（李肇增《水雲樓詞·序》）又稱：『欲以《騷》《經》爲骨，類情指事，意内言外，造詞人之極致。』（宗源翰《水雲樓詞·續序》）由斯以談，則亦與皋文尊體之説，本無二致，特不爲止庵四家之論所牢籠耳。且止庵持論雖精，而襟抱才力，不足以當起衰之任，故其自爲詞，亦僅能造於『精密純正』（譚復堂説）而止，發揚光大，固仍有待於後賢也。

溯自茗柯《詞選》出而詞體遂尊，止庵《詞辨》及《宋四家詞選》出而金鍼普度，於是常州宗派，不特在本土滋生蕃衍，且進而風靡一世。止庵以碧山爲學詞必由之徑，而極其詣於清真，海内言詞者，遂莫不以此爲正鵠。雖或不免爲才力所限，罕窺四家之全，而廣播宗風，恒不能出此四家之外。清之末季，江甯端木子疇（埰）篤好碧山，既與臨桂王幼遐、況夔笙（周頤）等合刊《薇省同聲集》，益振止庵墜緒，而王氏造詣尤深。彊邨先生稱其詞『導源碧山，復歷稼軒、夢窗，以還清真之渾化，與周止庵氏説，契若鍼芥』（《半塘定稿·序》）。此足證常州詞派，由江南而移植於燕都，更由燕都而廣播於嶺表。其後王氏復與彊邨同校夢窗，又於庚子之秋，集四印齋爲詞課，由是止庵特崇夢窗之旨，遂益發揚於晚近詞壇。鼎革以還，彊邨歸隱吴下，恒往來蘇、滬間，而所與商量詞學者，以夔笙與鐵嶺鄭大鶴（文焯）爲最著。大鶴雖力規白石，而對清真、夢窗之校訂研尋，用力甚至，夔笙亦極推服夢窗。於此又足證常派詞風，復由北而南，儼然爲聲家之正統焉。彊邨晚輯《宋詞三百首》，於張、周二選所標舉外，復參己意，稍揚東坡而抑辛、王，益以柳耆卿、晏小山、賀方回冀以救止庵之偏失。然淵源所自，終不可掩。徒以身經世變，感慨遂深，且所見既多，門庭益廣，爰有『出藍』之譽耳。（參閲本刊第三號拙著《晚近詞風之轉變》，及拙編《中國韻文史》。）

譚復堂爲清季浙中詞學大師，所輯《篋中詞》，於張、周二氏亦深致推挹，又詳評《詞辨》，發止庵未盡之奥藴，而爲之跋云：『予固心知周氏之意，而持論小異。大抵周氏所謂變，亦予所謂正也，而折衷柔厚則同。』據此，則兩浙詞人，亦早沾常州之芳潤矣。

五　結論

清詞至常州派而體格日高，聲情並茂，綿歷百載，迄未全衰。良由『學人之詞』，適可藥末流之病，又值時變方亟，尤足以激發詞心。自茗柯、鹿潭，以迄晚近王、朱諸氏，莫不『文有其質』，造極登峯。推其啓發之功，固不得不歸諸張、周二選也。惟是利之所在，弊亦隨之。自尊體寄託之說興，一掃淫、鄙、游之三蔽，而連情發藻，凡涉兒女而不失其正者，亦竟不爲世重，以致末流或失之僞，或失之鑿。自講求技巧之說興，一洗粗獷徑露之習，而學者遂專敝精神於『順逆反正』之運用，轉忽『惻隱盱愉』『意内言外』之功。自止庵偏尚夢窗，譽其『每於空際轉身，非具大神力不能』；又喻以『天光雲影，搖蕩綠波，撫玩無斁，追尋已遠』（《介存齋論詞雜著》）。遂使學者益爲目眩，日惟求其所謂『空際轉身』者，既無夢窗之才藻以赴之，但務迷離惝恍，使人莫測其命意之所在，其笨伯乃竟以塗飾堆砌，隱晦僻澀爲工，此其病至今日而轉劇，亦止庵及王、朱諸先生所不及料。自止庵深抑白石，以爲『白石放曠故情淺，局促故才小』，又云『白石詞如明七子詩，看是高格響調，不耐人細思』（《介存齋論詞雜著》）。遂使學者不復措意於姜詞，而『清空峭拔』（張炎《詞源》）之境，因多汩沒。乾坤清氣，所賦於詞人者，在北宋則有東坡之清雄，在南宋則有白石之峭拔，止庵皆任情排抑，真使人百思莫得其解矣。今欲救常州末流之弊，允宜折衷浙、常兩派及晚近譚、朱諸家之説，小令並崇溫、韋，輔以二主、正中、二晏、永叔；長調則於北宋取耆卿、少游、東坡、清真、方回，南宋取稼軒、白石、夢窗、碧山、玉田。以此十八家者，爲倚聲家之軌範，又特就各家之源流正變，導學者以從入之塗，不侈言尊體以漓真，不專崇技巧以炫俗，庶幾涵濡深厚，清氣往來，重振雅音，當非難事矣。

辛巳中秋前二日，脱稿於秣陵北秀村下。

（原載《同聲月刊》第一卷第十號，一九四一年九月）